Narratori Feltrinelli

Paolo Valoppi

Mio padre avrà la vita eterna

ma mia madre non ci crede

Prima edizione nei "Narratori" marzo 2024

Stampa Grafica Veneta S.p.A. di Trebaseleghe - PD

ISBN 978-88-07-03583-8

Pp. 143-144. Richard Ford, *Incendi*, Feltrinelli, Milano 2020, p. 26.

Mio padre avrà la vita eterna
ma mia madre non ci crede

A mia madre, mio padre,
alla nostra famiglia allargata

E a Marco Mathieu, che tanti anni fa
mi incoraggiò a scrivere questo libro

“Chi non crede, tenga conto che ci sono persone alle quali il mondo senza Dio sembra atroce.”

Natalia Ginzburg, *Mai devi domandarmi*

“Io sono legato a mio padre da un’ombra, dall’ombra che lo ha sempre incalzato.”

Valerio Magrelli, *Geologia di un padre*

Se Geova Dio è ancora con me, immagino che mi stia osservando dal monitor di una telecamera a circuito chiuso; lui vede me ma io non posso vedere lui. Perciò, Geova Dio, se ci sei e mi stai osservando, sappi che questo libro è anche per te.

Fedele e discreto

“L’incompleta conoscenza delle vite dei nostri genitori non è una condizione delle loro vite. È una condizione soltanto delle nostre.”

Richard Ford, *Tra loro*

“O lui o me.”

Alla scena in cui mia madre chiede a mio padre di scegliere tra lei e Geova io non assisto, ne sento solo parlare. Me la descrivono molti anni dopo, come l’unico momento in cui la loro storia ha rischiato di finire, e io di diventare un bambino figlio di genitori separati.

Era estate e i miei stavano trascorrendo gli ultimi giorni di ferie al lago di Bolsena. Quel pomeriggio non ero in casa e mia mamma, ripiegando i vestiti di mio padre, aveva trovato dei numeri della *Torre di Guardia*. Era rimasta pietrificata. Scioccata. Prima di conoscere mia madre, durante il suo precedente matrimonio, mio padre era già stato un testimone di Geova. Poi, con il divorzio, aveva smesso di esserlo, e per più di quindici anni Geova era scomparso dalla sua vita. Nessun Dio. Nessuna preghiera. Nessun rituale. Nessuna manifestazione di un bisogno trascendentale e ultraterreno. Perciò, quel pomeriggio, davanti a quegli opuscoli tra i suoi vestiti, mia madre doveva aver visto mio padre come un tossico la cui dipendenza, inesorabilmente, tornava a farsi sentire. E così, pensando a me, ai miei sette anni, a tutti i cambiamenti che la sua scelta avrebbe comportato, alla visione del mondo che la sua religione mi stava per imporre, decise che non lo avrebbe tollerato.

Quando mio padre rientrò gli fece trovare gli opuscoli sul tavolo del salone e gli chiese immediatamente spiegazioni. "Cosa sono?" Lui, preso alla sprovvista e forse sollevato di poter avere finalmente quel confronto, le confessò che da qualche settimana aveva ricominciato a frequentare i testimoni di Geova e che stava solo aspettando il momento giusto per dirglielo.

Cosa passò esattamente nella testa di mio padre non l'ho mai saputo, ma mi piace credere che abbia pensato a Giobbe e alla sua perseveranza, al fatto che non avesse mai rinnegato il nome di Dio neanche di fronte alle prove terribili a cui Geova lo aveva sottoposto (*Geova ha dato e Geova ha tolto. Si continui a lodare il nome di Geova*), e di fronte a quell'esempio di rettitudine e fedeltà aveva detto:

"Geova è il mio Dio".

"Scegli," lo incalzò allora mia madre.

"Non puoi chiedermi una cosa del genere. Mi dispiace..."

Era finita così, con mia madre che si giocava tutto e ne usciva sconfitta, delusa, abbandonata. In un pomeriggio che nella mia memoria è inesistente, mia madre aveva visto la sua vita capovolgersi, deformarsi, prendere una piega che non aveva mai neanche preso in considerazione. Pochi giorni dopo mio padre aveva fatto le valigie e se n'era andato dal loro appartamento di Monti, a Roma, e io avevo cominciato a diventare l'oggetto conteso di due diverse visioni del mondo: una atea, scettica e profondamente caustica nei confronti dei testimoni di Geova. L'altra devota, credente e del tutto convinta che l'esistenza terrena fosse soltanto una sala d'attesa verso la vita eterna.

Prima di incontrarsi, sia mio padre che mia madre erano stati già sposati. Dalle loro precedenti relazioni erano nati i miei due fratelli e mia sorella. Vanessa e Davide da parte di mio padre, Alessio da parte di mia madre. Mio padre si era sposato per la prima volta nel 1969 – non ancora testimone di Geova – indossando uno spezzato di Valentino con dei pantaloni di velluto rosa e una giacca bianca fiorata con il colletto alla coreana. Con lo stipendio di uno dei suoi primi lavori, circa 300.000 lire, si era comprato quell'abito e degli stivaletti alla Beatles, per un totale di 120.000 lire. Un'altra parte dei soldi l'aveva usata per pagare metà del pranzo di matrimonio – all'altra metà aveva pensato mio nonno, che all'epoca non aveva potuto permettersi di più. Nelle foto di quella cerimonia mi ritrovo di fronte a uno sconosciuto. Una versione di mio padre che non ho mai nemmeno intravisto. Capelli lunghi, una sottile barba nera, lo sguardo appagato, in piedi accanto a una donna giovanissima. L'officiante che aveva celebrato la cerimonia si era sentito in forte imbarazzo per l'età della sposa, non ancora maggiorenne, e per il fatto che fosse già incinta. Mio padre aveva reagito ridendo, senza dargli troppa importanza, abituato allo stupore della gente davanti a quella differenza d'età.

L'anno dopo, nel 1970, mio papà era apparso in un film di Marino Girolami, con Lino Banfi, Ciccio Ingrassia, Franco Franchi ed Edwige Fenech, dal titolo *Don Franco e don Ciccio nell'anno della contestazione.* Lui e sua moglie avevano interpretato la parte dei contestatori appartenenti a una piccola comunità di hippie. Se al matrimonio si era vestito in maniera originale e parecchio appariscente, nel film si era conciato in modo ancora più eccentrico: aveva un cappello di pelo di lupo bianco, un giaccone di pecora foderato di pelle trattata all'esterno e una camicia confezionata su misura in un bazar di Marrakesh; i pantaloni erano gli stessi del matrimonio.

Dopo quel film, c'era stato il viaggio in Afghanistan, in assoluto il momento più determinante nel suo processo di avvicinamento a Geova Dio. In origine la destinazione era il Nepal, Kathmandu – centro del buddismo e meta ideale per una riflessione sui valori umani e spirituali –, ma si fermò a Kabul a causa dell'imminente stagione dei monsoni.

Lui, due suoi amici, Marco e Gianni, e il suocero di mio padre partirono con una Jeep Willis della Seconda guerra mondiale, piena di vani segreti in cui nascondere l'hashish, e il primo giorno fecero tappa a Rimini e poi a Trieste, dove un vigile li fermò per il loro aspetto inusuale – jeans, camicia di flanella a quadri, giubbotto – e sequestrò i coltelli da caccia che ognuno di loro portava al fianco in una fondina. Il giorno dopo si rimisero in moto attraversando la Jugoslavia di Tito e giunsero, di notte, alla frontiera con la Bulgaria, dove le guardie della dogana, con i mitra spianati e i fazzoletti rossi al collo, pretesero che si tagliassero i capelli prima di varcare il confine. Dopo una notte a Sofia proseguirono verso la Grecia e da lì in Turchia. A Istanbul, quel primo assaggio di Oriente li inebriò, si diressero alla piazza di Sultanahmet e si mescolarono al traffico della città suonando il clacson euforici, felici, impressionati da tanta incredibile bellezza, dalle luci calde, dai profili ricurvi. Dopo circa una settimana ripartirono per l'Iraq, evitando di passare per Baghdad perché in quel periodo Saddam faceva impiccare gli oppositori ai bracci meccanici delle autogru ed era uno spettacolo che volevano evitare. Da lì passarono per l'Iran, per poi procedere fino al confine con l'Afghanistan. Raggiunsero Herat, Kandahar e poi, alle porte di Kabul, il motore della Jeep ebbe un sussulto e la macchina si arrestò di colpo. Vennero soccorsi al tramonto da un camion strapieno di persone che si offrirono, dopo aver contrattato il giusto prezzo, di rimorchiare l'auto fino a un'officina e ripararla nel giro di qualche giorno. Furono scortati in città e accolti con affetto e amicizia sorprendenti. Finirono per restare a Kabul per diverse settimane, innamorandosene. Le persone erano di una gentilezza squisita.

Una volta mio padre e il suo amico Gianni si accamparono con la tenda sulle rive di un laghetto ghiacciato, vicino ad alcune abitazioni, e dopo qualche ora furono invitati in una di queste case da una decina di afgani, con i quali trascorsero un paio d'ore a suonare, chiacchierare, fumare, per poi salutarsi con grandi sorrisi e pacche sulle spalle, ricevendo in regalo un barattolo di una marmellata di fichi, noci e (scoprirono assaggiando) hashish. Un'altra volta lui e Marco si imbatterono, senza soldi e affamati, in una caserma militare: decisero di chiedere da mangiare ai soldati, che risposero con focacce e cocomero.

In quel mese sembrò a mio padre e ai suoi compagni di aver finalmente trovato una comunità basata sulla solidarietà, l'uguaglianza e una generale serenità sociale. Proprio quello che cercavano: un modello di convivenza da riprodurre in ogni parte del mondo. Erano consapevoli di star sperimentando qualcosa di indimenticabile, di intenso, così diverso dalla vita che li attendeva in Italia. Si fecero una promessa comune: chiunque avesse trovato una religione, una filosofia o un senso di "Verità" simile a quello sperimentato a Kabul, l'avrebbe condiviso con gli altri e l'avrebbero coltivato insieme.

Pochi mesi dopo essere rientrato a Roma, mio padre rincontrò per caso Marco: fu lui a parlargli per la prima volta di un popolo di persone umili, pazienti, gioiose, piene di amore, che non mettevano se stesse al primo posto. Un popolo eletto composto da cristiani conosciuti come i testimoni di Geova. In quel momento, esatto udendo il racconto del suo amico, ricevendone in dono una Bibbia e percependo ancora forti dentro di sé i riverberi del viaggio in Afghanistan, mio padre capì che sarebbe diventato uno di loro. Se l'utopia di un mondo giusto e più equo era irrealizzabile sulla Terra, allora forse andava rintracciata in una dimensione più alta e spirituale.

Mio padre e sua moglie – entusiasta della scoperta del marito – si tagliarono i capelli, smisero di fumare, sostituirono i pantaloni a zampa d'elefante con degli abiti più rispettabili e conformi al decoro e iniziarono a frequentare la congregazione dei testimoni di Geova.

Per almeno sette anni mio padre, la moglie, mio fratello Davide e mia sorella Vanessa vissero tra preghiere, adunanze, lettura di passi biblici e la promessa della vita eterna dopo la morte terrena. Una bolla religiosa che pareva finalmente rispecchiare il desiderio di una società più retta e solidale. Mio padre aveva trovato la Verità.

Finché, un giorno, sua moglie partì, raggiungendo dei parenti in un viaggio in Africa, e per oltre un mese non diede più sue notizie. Fu uno dei periodi più bui e faticosi della vita di mio padre: solo, senza notizie della moglie, con due figli piccoli da crescere, un lavoro precario da architetto presso un negozio di arredamenti a Monte Sacro e una comunità religiosa che nel tempo era arrivato a impegnarlo tre volte a settimana – ormai era diventato uno degli "anziani" nominati per dirigere la congregazione –, dovette fare ricorso all'aiuto straordinario del suo Dio per non soccombere alla stanchezza, alla tensione e all'insicurezza di quei giorni. Poi, dopo quel lungo silenzio, la moglie di mio padre tornò. Per qualche tempo sembrò possibile ripristinare la compattezza famigliare, ma poi, una sera, incalzata da mio papà, lei confessò di aver avuto una relazione con un altro uomo durante il viaggio e di essersene innamorata.

In quel momento mio padre sentì di aver deluso Geova. Lui, che quotidianamente aiutava i suoi fratelli ad affrontare i momenti più bui delle loro vite, che li affiancava nello studio della Bibbia e nella ricerca della "Verità", non si era accorto di quanto stava accadendo alla sua famiglia. Possibile che la donna nella quale aveva riposto tutta la sua fiducia avesse tradito il suo amore e quello del loro Dio? Si sentì sopraffatto da un senso di inadeguatezza indomabile e si considerò immeritevole del privilegio di poter servire Geova che gli era stato concesso. E così, a detta sua, fece la cosa più sbagliata e sciagurata: si allontanò dalla congregazione. Allentò il suo impegno spirituale, chiese di essere sostituito come anziano e iniziò a saltare le adunanze. La moglie, che nel frattempo se ne era andata di casa, venne "disassociata" dai testimoni di Geova – cioè ufficialmente allontanata dalla comunità per aver commesso un peccato grave. Mio fratello e mia sorella, tornando a vivere con la madre, abbandonarono per sempre la comunità religiosa in cui erano cresciuti. Mio padre, invece, cominciò a bere, riprese a fumare e si fece di nuovo crescere barba e capelli.

La scena in cui comunicò ai suoi fratelli cristiani l'intento di lasciare definitivamente la loro comunità ricorda un film di Clint Eastwood. Fu durante un matrimonio che si svolgeva in una Sala del Regno, il luogo di culto. Mio padre aveva scelto il look meno appropriato per un'occasione del genere: si era tagliato la barba fino a isolare dei baffi lunghi e folti alla Freddie Mercury, e indossava una camicia di lino blu aperta sul petto, una collana d'oro che gli brillava al collo, una giacca di seta bianca e dei Levi's chiari. Uno stile anni ottanta ante litteram. Nonostante quell'aspetto, i presenti furono affettuosi e gentili con lui, come se percepissero il suo malessere. Finita la cerimonia, si spostarono in una terrazza per il buffet e mio papà continuò a ricevere saluti premurosi. La cosa lo mise a disagio, una volta ancora era indegno di quell'amore. Così, per mettere fine allo scambio iniquo, fece quanto di più pagano ci possa essere per un testimone di Geova: prese dal taschino il suo pacchetto di Marlboro rosse, tirò fuori una sigaretta e, davanti alle persone che lo avevano più amato e confortato, se l'accese. Contravvenendo al principio biblico che raccomanda di rispettare il proprio corpo e la santità della vita. Più che un atto di sfida, fu un atto di resa. Da quel momento, sotto gli occhi stupefatti e delusi dei suoi fratelli, mio padre smise a tutti gli effetti di essere un testimone di Geova e venne anche lui disassociato.

Più volte, nel ripercorrere con mio papà quel tratto della sua vita, mi sono chiesto se la versione che mi stava dando fosse quella più sincera. Fatico a immaginare che si possa chiudere una storia d'amore perché non ci si ritiene all'altezza dell'altro, senza provare alcun rancore.

Qualche mese dopo, era la fine degli anni settanta, i miei si conobbero. Mia madre: laureata, libraia, supplente saltuaria di Greco e Latino al liceo e figlia di genitori piccolo borghesi nati entrambi a Napoli e trapiantati a Roma (funzionario della Zecca mio nonno, casalinga mia nonna). Mio padre: figlio di genitori di umili origini e studente di Architettura fino al 1971, aveva deciso di non laurearsi come forma di protesta contro i baroni accademici; aveva iniziato a lavorare come architetto senza firmare i progetti e, cantiere dopo cantiere, aveva imparato il mestiere. All'epoca lavoravano entrambi a Trastevere: mio padre nel suo studio di architettura in via Santa Margherita; mia madre, quando non insegnava, nella sua libreria antiquaria. Si incontrarono che lei aveva poco più di trent'anni, lui circa trentatré. Per mio padre lei era "la ragazza della libreria". Per mia madre lui era "l'architetto carino" che ogni tanto si affacciava, entrava, iniziava a sfogliare i libri sugli scaffali e qualche volta ne comprava uno fingendo che fosse per la moglie, da cui in realtà si era già separato.

C'è una storia su quel periodo che non mi stanco mai di ascoltare: in uno dei tanti pomeriggi in cui mio padre era passato a trovare mia madre, lei non c'era; così si era avvicinato alla ragazza che stava alla cassa e le aveva chiesto sue notizie, di solito mia madre a quell'ora c'era sempre. A quel punto, prima che la ragazza potesse dire qualsiasi cosa, mio padre aveva sentito una voce alle sue spalle: "Sono qui!". Voltandosi, si era ritrovato di fronte mia madre: irriconoscibile, con i capelli arancioni cotonati e pettinati all'indietro e un nuovo taglio che la faceva assomigliare a una carota con la chioma.

"Cosa hai fatto?" aveva iniziato a prenderla in giro lui, bonariamente, mentre lei si schermiva dalle sue battute assicurandogli che i capelli andavano di moda così, che voleva solo fare un esperimento e che era convinta che gli sarebbero piaciuti. Mio padre aveva continuato a ridere e a sfotterla. Mia madre aveva piagnucolato fingendosi indignata dalla sua insensibilità. Ma il giorno dopo, appena sveglia, era corsa dal parrucchiere e si era rifatta taglio e colore, e la prima persona a cui aveva voluto mostrare quel ripristino era stato lui. Pochi giorni dopo erano usciti ufficialmente insieme per la prima volta.

Prima di incontrare mio padre, mia madre si era già sposata una volta, aveva avuto un figlio e dopo poco aveva divorziato. Era laureata in Lettere classiche, con una tesi in Storia greca sulla pace comune tra le *poleis* greche dell'Attica. Atea indefessa, le sole divinità a cui concedeva spazio nella sua vita erano quelle protettrici delle città-stato dell'antica Grecia, come Atena, Artemide e Apollo. Nel 1978, a Roma durante una riunione del collettivo femminista di piazza Bologna, aveva conosciuto quella che sarebbe diventata una delle sue migliori amiche, Stefania, e insieme avevano avuto l'idea di aprire una libreria antiquaria. Se da una parte, investite dall'entusiasmo, iniziarono subito la ricerca dei testi nei mercatini, nelle vecchie librerie, sulle bancarelle, dall'altra dovettero presto scontrarsi con i prezzi proibitivi dei locali del centro. Perlustrarono varie zone finché a Trastevere, in vicolo Santa Margherita, non scovarono un locale economicamente alla loro portata, ma che avrebbe scoraggiato chiunque per le condizioni in cui versava. Non si lasciarono intimorire, lo affittarono e dopo parecchie settimane inaugurarono la libreria antiquaria Tristano, che prendeva il nome da un racconto di Thomas Mann.

Nel frattempo, oltre a occuparsi di Tristano, mia madre e Stefania aderivano alla lotta femminista leggendo e vendendo antologie di narrativa femminile, organizzando mostre o rassegne che avevano titoli come *Uno sguardo su di lei*, o scendendo in piazza per partecipare a picchetti e manifestazioni. Mio fratello Alessio, che ai tempi aveva cinque o sei anni, ancora ricorda di quando nostra madre lo portava insieme alle sue compagne ai cortei femministi e, raccomandandosi di scandire bene le parole, lo invitava a intonare slogan come "Era una notte buia e tempestosa, e ora è diventata rosa!" o "L'utero è mio e lo gestisco io!". Durante una manifestazione che stava sfilando lungo via Cavour, una delle amiche di mia madre avvicinò il megafono alla bocca di Alessio e lo invitò a intonare un coro a piacere. Timido, inibito da tutti gli occhi che aveva su di sé e timoroso di non ricordare bene il testo, ci mise alcuni secondi a convincersi. Poi, sotto lo sguardo rassicurante di mia madre, che sapeva quanto a casa mio fratello si divertisse a cantare ad alta voce quegli slogan, prese coraggio e urlò:

"Tremate, tremate, le streghe son tornate!".

La vergogna che provò per qualche istante venne subito cancellata dalla marea di applausi, fischi e grida di approvazione che accolse le sue parole, e da quel momento in poi mio fratello si guadagnò il soprannome di "il piccolo femminista".

Quegli anni, a cavallo tra la separazione dal primo marito e l'incontro con mio padre, furono i più belli e liberi per mia madre. Sentiva una profonda identificazione, e soddisfazione, per la vita che conduceva. Un'esistenza che poco dopo sarebbe stata stravolta e rimodellata dall'arrivo di mio padre.

Da quel momento, fino a quando lui non tornò a frequentare i testimoni di Geova, non si erano più lasciati. Per tanto tempo ho creduto che mio padre avesse deciso di essere di nuovo un testimone di Geova durante una fase difficile della sua vita. Per guai economici, travagli lavorativi, conflitti famigliari, lo stress dovuto alla mia nascita: incapace di affrontarli da solo, si era rivolto al suo vecchio Dio per superarli. E invece erano stati la stabilità della relazione con mia madre, la felicità per la mia nascita, diverse soddisfazioni sul lavoro, una generale serenità ritrovata a spingerlo a riavvicinarsi a Geova. Di nuovo in controllo della sua esistenza, voleva mostrare quella versione aggiornata di sé agli occhi di qualcuno che tanti anni prima aveva deluso.

Ancora oggi mi chiedo quale sia la sua natura più autentica, se quella del periodo dell'innamoramento per mia madre – un uomo che non si rivolgeva a Dio, che traeva piacere nel festeggiare le feste pagane, nel fumare e nel brindare a tavola – o il rigoroso e ostinato testimone di Geova che crede nella vita eterna dopo la morte. Che fosse l'adesione a una dottrina, a un'ideologia, a una religione, a un movimento di protesta, mio padre aveva bisogno di percepire con forza il suo posto nel mondo. E di immaginarne uno, di mondo, che fosse migliore di quello in cui si trovava: quello del '68, fatto di lotte, occupazioni, di contestazioni dell'ordine culturale e di rivoluzioni utopiche; oppure quello di Geova, basato su un amore incondizionato tra fratelli, la scomparsa del male dal mondo e la promessa di non morire mai.

Non avevo ancora otto anni quando mio padre mi rivelò per la prima volta di essere diventato un testimone di Geova. Mia madre lo aveva cacciato di casa e lui si era dovuto trasferire nella piccola soffitta del suo studio di architettura a Trastevere. Ho ricordi sfocati di quel tempo, e non sono sicuro di cosa dovevo aver pensato di quella novità. Di certo ero curioso della nuova identità che mio padre si stava creando. Ma anche un po' diffidente, e a ragione, visto che poco dopo capii che la separazione tra lui e mia madre era dovuta proprio a quel cambiamento. Ricordo bene il primo libro biblico che mio padre mi diede, un volume giallo con la copertina rigida. Me lo consegnò una sera in cui ero andato a dormire da lui nella mansarda del suo studio. Stavamo mangiando patatine fritte e *chicken McNuggets* a letto, un materasso da una piazza e mezza poggiato senza rete sul pavimento di una stanza spoglia, con le pareti gialline e il soffitto bassissimo. Mio padre aveva cominciato a parlarmi della congregazione, della Sala del Regno dove andava tutti i martedì, i giovedì e le domeniche, delle persone con cui si incontrava ("fratelli di cuore, non di sangue"), delle trasformazioni che ci sarebbero state nella sua vita e nella mia e in quella di mia madre. Alla fine di quel lungo elenco, dopo essere rimasto in silenzio per qualche istante, si era alzato dal letto per prendere un libro dalla sua valigetta.

"Tieni, è per te," mi disse allungandomelo.

Si intitolava *Il mio libro di racconti biblici* e, sfogliandolo, vidi che era pieno di figure.

"Questo è Giobbe," disse mio padre indicando il disegno di un uomo barbuto seduto in un giardino ricolmo di cibo, piante, persone e animali.

"E questa?" gli chiesi, indicando a mia volta una donna seduta a cavalcioni su una bestia a sette teste.

"Questa è Babilonia la Grande, la madre delle meretrici e delle cose disgustanti della Terra."

Non sapevo il significato di "meretrici", ma con le sue braccia scoperte, i piedi nudi, le guance truccate Babilonia era la cosa più bella che ci fosse in quel libretto. Come faceva una figura così attraente a essere considerata maligna? Mio padre si distrasse per qualche minuto e io rimasi col libro in mano, facendo finta di passare alle pagine successive mentre in realtà ero ipnotizzato dalla rappresentazione di Babilonia e da tutto quello che incarnava: lussuria, passione, sregolatezza. Non mi importavano le immagini degli angeli che risiedevano in paradiso, dei dodici apostoli, né di Gesù o di Geova seduto sul trono celeste, desideravo solo stare con lei. Babilonia, non dimenticherò mai la prima volta che mi sei apparsa. Mio padre, di spalle, non immaginava che il testo che avrebbe dovuto garantirmi una minima percentuale di vita eterna mi stava già portando sulla via della perdizione. Ero ancora avvolto dallo sconcerto e dall'eccitazione quando lui tornò a concentrarsi su di me. Preso dall'agitazione misi da parte il libro giallo e iniziai a frugare nella sua valigetta, dove notai un blocchetto di opuscoli dai titoli come *Svegliatevi* o *Torre di Guardia*. Rivistine colorate e dalle pagine lucide, simili alle brochure promozionali dei supermercati. Erano piene di illustrazioni di boschi rigogliosi, giardini con ruscelli, pianure sterminate popolate da leoni, elefanti, panda, pappagalli, e bambini e genitori che si abbracciavano e si volevano bene. Quella sera però mio padre aveva deciso di mostrarmi soltanto il libro sui racconti biblici. Un passo alla volta, doveva aver pensato. La prima pietra era stata posta. Recuperai il libro giallo e lo infilai nel mio zainetto. Poi tornai a sdraiarmi sul letto, smettemmo di parlare di Geova e per il resto della serata io e mio papà guardammo una puntata di *Paperissima* e mangiammo patatine fritte. Poco dopo chiusi gli occhi e mi addormentai. Il mio ultimo pensiero fu per Babilonia la Grande, *adorna di oro e pietra preziosa*, la prima donna per la quale provai un'attrazione sessuale.

Mi piacerebbe ricostruire con esattezza la parabola di come io sia arrivato a considerarmi un piccolo testimone di Geova che leggeva le Sacre Scritture la mattina, pregava prima di mangiare e prima di andare a dormire, andava all'adunanza due volte a settimana e di porta in porta a fare proseliti il sabato mattina. Mi piacerebbe poter ripercorrere con precisione le tappe che tra gli otto e i dodici anni mi avevano spinto a convincermi che un giorno mi sarei battezzato, avrei sposato una donna testimone di Geova, non avrei avuto rapporti sessuali fino al matrimonio, avrei dedicato tutta la mia vita a Dio e, dopo la morte, sarei stato resuscitato. Ma la verità è che non ci sono state sfumature, ma piuttosto un interruttore: un giorno Geova non c'era, e il giorno dopo sì. Senza alcuna conversione graduale.

L'unico momento che potrei far coincidere con la tappa iniziale di questa metamorfosi è il giorno in cui mio padre mi portò per la prima volta in una Sala del Regno, nella sua congregazione di Vigna Jacobini, in zona Portuense.

Davanti alla Sala provai solo delusione. Mi aspettavo un posto più mistico, più spirituale. Un luogo di culto come una chiesa, una moschea o una sinagoga. E invece era più simile a un negozio, con due vetrine oscurate e una grande insegna con scritto: "Sala del Regno dei Testimoni di Geova". All'interno, in fondo alla Sala, c'era un podio, una sorta di pulpito; alle spalle del podio, appesa alla parete, una lastra di plastica con una citazione biblica che cambiava ogni anno. Tutte le persone che frequentavano la Sala erano vestite eleganti: abiti, camicie, cravatte, tailleur, gonne lunghe, scarpe lucide, colori classici e poco appariscenti. Anche gli altri bambini avevano pantaloni e maglioncini scuri e fin dall'inizio, con le mie scarpe da ginnastica e la felpa col cappuccio, mi sentii impuro. Nonostante ciò, appena entrai nel grande stanzone i fratelli di mio padre mi accolsero felicissimi: "Eccolo qui il figlio di Stefano!", "Allora è lui!", "Che bel bambino!", "Ci fa piacere che sei qui!", "Venite, ci sono due posti liberi".

Le persone "spiritualmente più mature" della congregazione, mi aveva detto mio padre qualche settimana prima, venivano chiamate "gli anziani", e un tempo, prima di essere disassociato, anche lui era stato uno di loro. Immagino che per lui fosse molto importante avermi lì al suo fianco. Dimostrare ai suoi fratelli che stava facendo il possibile per coinvolgere i suoi familiari nelle attività e nella conoscenza di Geova. Oggi ero io; un giorno, forse, sarebbe stata mia madre.

L'adunanza si apriva sempre con una preghiera a Geova, e così dalle file di sedie che riempivano la stanza i presenti si alzarono e chinarono il capo chiudendo gli occhi. Di solito l'uomo sul palco, incaricato di moderare l'adunanza e proclamare una preghiera a nome di tutti, esordiva con una formula che si assomigliava sempre: "Geova Misericordioso, ti ringraziamo per averci dato la possibilità di essere qui questa sera...".

Era così che si pregava? Ascoltando un uomo pronunciare delle parole che non erano le proprie. Un uomo che si metteva in contatto con Geova a nome di tutte le persone presenti in quella sala, come il medium di una seduta spiritica ma senza demoni da invocare o tavolette ouija su cui far scivolare le dita per ricostruire il nome dei morti. La preghiera terminò con un *amen*, e subito dopo arrivò il momento del cantico. L'uomo sul pulpito disse qualcosa come "Andate a pagina 30, al cantico *Procediamo saldi*", e gli altoparlanti iniziarono a riprodurre una melodia di suoni polifonici simili a quelli del karaoke. Le canzoni erano raccolte nel *Libro dei cantici*, un volume con la copertina rigida marrone. Inni all'amore e alla gratitudine per Dio che venivano intonati con voci dolci, armoniche, molto decise. Non come la mia, stonata e appena sussurrata: la voce di un timido imbucato in mezzo al gregge ben saldo dei seguaci di Gesù.

Il resto del pomeriggio trascorse in un alternarsi di sermoni, letture di passi biblici, studio della *Torre di Guardia* e poi di nuovo un cantico e una preghiera. Durò quasi due ore. Due ore in cui, esauriti la concentrazione e l'ossequio iniziali, provai le pene dell'inferno (le stesse a cui immaginavo fossero destinati i miscredenti menzionati dai relatori durante l'adunanza): ero annoiato, esausto, nervoso, inquieto, ma come facevano gli altri a stare seduti e attenti ad ascoltare uno che parlava senza mai fermarsi per tutto quel tempo. Neanche a scuola, dove almeno dopo ogni ora la maestra ci concedeva una piccola pausa per sgranchirci le gambe e rifiatare. Se era difficile per degli adulti, per me che avevo otto anni era una tortura. A un certo punto realizzai che l'adunanza era soltanto a metà, e allora arrivai a invocare Satana il Diavolo – che nel corso di quell'occasione era stato più volte indicato come acerrimo rivale di Geova – affinché piombasse sulla Sala con i suoi angeli luciferini (e magari anche con Babilonia la Grande) e interrompesse quell'interminabile maratona di manifestazioni benevole verso Dio. Immaginai supereroi e animali mostruosi scagliare saette e palle di fuoco contro il piano terra di quella palazzina nella zona Sud di Roma e ridurlo a un immenso cratere soltanto per consentirmi di uscire indenne e tornarmene velocemente a casa a giocare alla Playstation o a guardare i cartoni animati della *Posta di Sonia*. Quando, alla fine, l'adunanza si concluse, senza che nessuno spirito diavolesco fosse venuto in mio soccorso, e io fui libero di salutare i presenti e avviarmi verso l'uscita mano nella mano con mio padre, un anziano della congregazione spuntò come un avvoltoio alle nostre spalle e rivolto a me chiese:

"Tornerai presto?".

Ripensai ai centoventi minuti dell'adunanza, alla noia, a quello strazio moltiplicato all'infinito, e così, pressato da quella domanda, messo alle strette, rimasi in silenzio confidando nel buon senso dell'anziano e in quello di mio padre, che dopo pochi secondi, pensando di venire in mio soccorso, rispose per me: "Lo spero," facendomi non solo venir voglia di invocare il Diavolo e la sua pletora di fantasmi del male, ma di sperare che l'Armageddon fosse anticipato giusto in tempo per annullare il successivo incontro dei testimoni di Geova.

Le cose andarono avanti così per un po': vivevo tra l'appartamento di mia madre e lo studio di mio padre. Poi, un giorno, qualche mese dopo averlo cacciato di casa, mia madre permise a mio padre di tornare. Non avevano mai smesso di sentirsi e lei aveva capito che l'amore che provava per lui era più intenso di qualsiasi divergenza spirituale.

Se c'è un gigantesco bivio di fronte al quale mia madre si è ritrovata a un certo punto della sua vita, è sicuramente quello. Rimanere salda al suo ateismo e alla sua volontà di vivere una vita incontaminata dai dogmi religiosi e dalle interferenze di una comunità di fedeli, oppure, in nome di un sentimento fortissimo, accettare un compromesso doloroso, faticoso, aggrovigliato. Scelse l'amore. E da quel momento si ritrovò a fare i conti con Geova, senza mai smettere di detestare quel Dio che le aveva imposto una versione di suo marito così distante da quella che aveva conosciuto oltre quindici anni prima. Poté riuscirci facendo appello a un'ironia che le consentiva di trattare mio padre e la sua religione con distacco e leggerezza, come quando definiva i testimoni di Geova "degli sfigati con pessimo gusto in fatto di vestiti" e invitava il consorte e i suoi confratelli ad andare a citofonare la domenica mattina alle case dei clienti della libreria Tristano che avevano preso dei volumi a credito e non li avevano mai pagati. Talvolta, invece, cedeva al rancore e alla frustrazione, come quando mio padre insisteva per portarmi alle adunanze tutte le domeniche, senza lasciare a mia madre una reale possibilità di opporsi.

La prima domenica pomeriggio trascorsa di nuovo tutti e tre insieme nella stessa casa l'atmosfera era serena, placida. Avevamo pranzato e poi mia madre si era spostata in camera da letto a leggere e io e mio padre ci eravamo messi in salotto a guardare la partita della Roma. Scaduti i novanta minuti, mio padre mi aveva fatto un cenno per farmi capire che, come nei fine settimana precedenti, saremmo dovuti andare all'adunanza dei testimoni di Geova, che iniziava intorno alle cinque e mezzo. Sentendoci infilare le giacche, mia madre era uscita dalla sua stanza.

"Dove andate?" ci chiese guardando negli occhi prima mio padre e poi me.

"All'adunanza," rispose lui facendo ricorso a tutta la sua calma cristiana.

Mia madre sapeva della mia presenza a quelle cerimonie, ma finché quella processione non era avvenuta sotto i suoi occhi per lei era stato più tollerabile, forse sperava che quel pellegrinaggio si sarebbe limitato a poche visite.

Fece un passo in avanti, il dito indice infilato nel libro che stava leggendo, e con gli occhi privi di qualsiasi affetto o calore fissi nei miei, mi domandò quello che non avrei mai voluto sentirmi domandare:

"Ci vuoi andare davvero?".

Per la prima di tante volte venivo direttamente interpellato sulla questione dei testimoni di Geova. Ero paralizzato. Sgomento. Non riuscii a dire nulla, guardai prima l'una e poi l'altro: non sapevo chi scontentare. Soltanto più tardi avrei capito che l'unica soluzione sarebbe stata alternarli nello scontento, mantenendo un equilibrio che mi avrebbe permesso di rendere più sopportabile lo spettro del senso di colpa.

Eravamo in ritardo, perciò mio padre prese quel mutismo per assenso e mi spinse fuori casa. Mia madre sembrò incassare quella delusione in silenzio, ma poi, appena oltre la soglia, ci sbatté dietro la porta con tutta la forza che aveva e urlò:

"Allora andatevene, e fate come cazzo vi pare!".

F-A-T-E-C-O-M-E-C-A-Z-Z-O-V-I-P-A-R-E.

Parole che rimbombarono per l'intero palazzo e dentro di me per l'intera durata dell'adunanza e nei giorni successivi.

Io, le adunanze, le odiavo. Anche se non l'ho mai detto a mio padre. Mi annoiavano, mi soffocavano, erano un'attanagliante morsa al petto. Era come avere otto anni e dover andare a un convegno accademico a tema religioso di due ore almeno una volta a settimana. Il momento migliore di quelle cerimonie era la fine. O le pause in bagno, che mi consentivano di riprendere fiato.

Nel corso delle adunanze mi distraevo in continuazione, disegnavo sulla piccola Bibbia che mio padre mi aveva regalato, cercavo le figure negli opuscoli, provavo a chiacchierare con le persone vicino a me, poggiavo la testa sulla spalla di mio papà per qualche minuto di riposo. Insomma, mi comportavo come spesso avrei fatto in classe negli anni a venire: seduto all'ultimo banco, disattento, chiacchieravo, leggevo, armeggiavo con penne o matite, qualsiasi cosa pur di non seguire le lezioni. Ma mentre i professori mi riprendevano con urla, rimproveri o facendomi uscire dalla classe, i testimoni di Geova mi richiamavano con dei dolci e pacatissimi "sshhh", guardandomi bonariamente negli occhi per invitarmi a concentrarmi sul sermone che qualche fratello stava tenendo o su qualche passo biblico che stava leggendo. Il che era anche peggio, perché così non potevo nemmeno prendermela con loro.

Capitava che, durante la lettura della *Torre di Guardia*, il relatore si rivolgesse al pubblico facendo delle domande sul tema del giorno – "La Bibbia è ancora un testo attuale?", "Puoi vivere felice per sempre?" – e allora mio padre o i suoi fratelli mi suggerivano le risposte, mi dicevano di alzare la mano, si facevano passare il microfono dall'usciere e mi incoraggiavano a rispondere, con la mia voce che rimbombava nell'impianto acustico della Sala. Da una parte c'era mio fratello Alessio che impugnava un megafono per intonare slogan sull'autodeterminazione dell'utero davanti a un corteo con centinaia di persone, e dall'altra c'ero io che in una Sala del Regno colma di testimoni di Geova affermavo che il corpo che ci era stato donato alla nascita, in una sorta di comodato d'uso, avrebbe per sempre continuato ad appartenere a Dio. Eravamo i portavoce dei diversi sguardi sul mondo dei nostri genitori.

A proposito dell'irrequietezza che provavo durante le adunanze, un pomeriggio chiesi al ragazzo seduto accanto a me, che avevo scoperto giocare a calcio agonisticamente, quali scarpini usasse di solito durante le partite. Nella mia testa esistevano solo i brand più blasonati, come Nike, Adidas, o al massimo Umbro o Diadora, così quando mi rispose "Kronos" ribattei con un delusissimo "Nooo", come se le sue prestazioni sportive potessero essere inficiate da quel marchio. Mio padre mi diede un pizzicotto sulla coscia, così mi acquietai subito e tornai a fissare lo sguardo sulle pagine della Bibbia. Ma nella testa non riuscivo a smettere di pensare all'inspiegabile motivo per cui Geova avesse permesso a quel giovane calciatore – che, senza ragioni, avevo eletto a fuoriclasse – di indossare degli scarpini per me così scadenti.

Alcuni mesi dopo, quando iniziai a giocare nei pulcini di una squadra di calcio, mio padre mi regalò il primo paio di scarpini della mia vita. Scartai l'involucro che avvolgeva il pacco, sollevai il coperchio e dentro ci trovai dei... Kronos. No! Dei pulciosissimi e anonimi Kronos, con il baffo verde che sembrava quello della Nike ma al contrario. Avvampai. Atterrito, pensai che fosse un segno di Geova per punire il mio materialismo e la mia cupidigia. Già riusciva a leggermi nel pensiero, il Dio di mio papà. Avrei voluto lamentarmi, farli a pezzetti, lanciarli dalla finestra, polverizzarli, andare al negozio e cambiarli con i Diadora di Roberto Baggio o gli Adidas di David Beckham. Ma non dissi nulla per paura di deludere non solo mio padre, ma anche Geova, che in fatto di scarpini da calcio sembrava avere le idee chiarissime.

Mio padre mi impose lo "studio del libro", che consisteva nell'analizzare insieme, sempre nel weekend, la *Torre di Guardia* o altri manualetti religiosi. Svolgendosi a casa, seduti sul divano o intorno al tavolo, era un'attività che soffrivo di meno rispetto alle adunanze, ma lo stesso mi annoiava da morire. Era come avere un insegnante privato con il quale fare i compiti durante il fine settimana e a cui era impossibile sottrarsi. Insieme dovevamo leggere, sottolineare e rispondere alle domande alla fine di ogni capitolo. Le riviste avevano titoli a tema come *La Bibbia è davvero la parola di Dio?*, *Cosa si nasconde dietro al soprannaturale?*, *I cavalieri dell'Apocalisse, come influiscono sulla nostra vita?*, *La depressione negli adolescenti: cause e rimedi.*

Nei primi tempi, nei fine settimana quando raggiungevo mio padre nel suo studio a Trastevere, ci sedevamo alla scrivania, prendevamo due copie degli opuscoli e cominciavamo a leggere: “La fine è vicina! Cosa vi viene in mente sentendo queste parole? Pensate forse a un predicatore dallo sguardo inquietante che, con una Bibbia in mano e gesti plateali, pronuncia tonanti prediche dal pulpito?”.

Dopo aver letto per un bel pezzo mio padre voleva che fossi io a continuare. Perciò, concentrandomi il più possibile perché ci tenevo a fare bella figura davanti a lui, avvicinavo gli occhi alla mia *Torre di Guardia* e proseguivo: “Dio permetterà agli esseri umani di perseverare nel dominio dei propri simili e nel mettere a rischio il futuro dell'umanità? No. Come abbiamo visto, lui stesso agirà per porre fine a secoli di infelicità e oppressione”.

Avanti così per un'ora. Un'ora che alle volte risultava noiosissima e alle volte molto gratificante – se riuscivo a rimanere concentrato, capivo tutto quello che stavo leggendo e rispondevo bene alle domande. Alla fine dello studio, se era andato tutto bene, eravamo riusciti a completare il capitolo, mio padre era di buon umore, disposto a compensare quel momento di approfondimento spirituale con uno di svago: un salto alla sala giochi, un pranzo o una cena al McDonald's, una puntata al negozio di giocattoli, un giro alle giostre.

“Allora, Paolo, chi erano Sem, Cam e Iàfet?”

“I figli di Noè, papà.”

“Bravissimo, oggi Coca-Cola grande e McNuggets da 12!”

Se invece ero stato distratto e lamentoso, mio padre si faceva reticente e sostenuto, un po' incupito. La riuscita o meno dello studio aveva a che fare, in parte, con la sua missione di proselitismo: una lettura sciatta e superficiale della *Torre di Guardia* gli avrebbe dato un senso di fallimento; una lettura approfondita e coinvolta lo avrebbe fatto sentire realizzato agli occhi di Geova.

Mi sono spesso chiesto se la mia natura accondiscendente, diplomatica, prudente, restia ai conflitti, abbia avuto origine da quel senso di colpa. Da quella volontà di non voler scontentare mio padre; dalla paura di deluderlo; di volerlo, la maggior parte delle volte, assecondare, barcamenandomi tra i suoi desideri e quelli di mia madre. Per evitare il suo cattivo umore finivo per assecondarlo in tutto. Era come guardare un film che non ci piace accanto a qualcuno che salta sulla sedia. Non si arrabbiava, non alzava la voce, non tentava di convincermi. Semplicemente, ne prendeva atto e si mostrava deluso, rabbuiato, silenzioso – lo stesso atteggiamento che per anni avrebbe avuto di fronte alle pessime pagelle che portavo a casa durante il liceo.

Se qualche volta, simulando un malessere o un eccessivo carico di compiti, mi sottraevo alle adunanze, attendevo ansiosamente il ritorno di mio padre a casa per accertarmi che non ce l'avesse con me. Che non avesse smesso di volermi bene. Restavo in apnea per quelle ore e quando lo rivedevo cercavo di intercettare un sorriso, una battuta, un gesto di complicità che mi lasciasse intendere che era tutto a posto tra noi – facendo attenzione a nascondere l'angoscia a mia madre, ovviamente, che non gli avrebbe perdonato quel travaglio emotivo a cui mi sottoponeva ogni settimana. Un travaglio che negli anni avrei rivissuto con amici e fidanzate.

Quando "marinavo le adunanze" mia madre si rasserenava, come se l'avermi accanto invece di immaginarmi nel tempio di Dio la facesse sentire meno in colpa rispetto al compromesso che aveva acconsentito ad avere con mio padre. E così il senso di colpa che vivevo nel rimanere a casa attenuava il suo, e acuiva invece quello di mio padre, che probabilmente doveva sentirsi responsabile agli occhi del suo Dio e della sua comunità per non avermi portato con sé, in una catena di sensi di colpa da cui nessuno della famiglia riusciva a essere davvero libero.

In quelle occasioni mia madre sembrava comunque percepire l'inquietudine che provavo per non essere andato alla Sala del Regno, perciò entrava spesso nella mia stanza, mi accarezzava, mi abbracciava, mi chiedeva se fossi dispiaciuto per aver mancato quell'appuntamento. A volte incredula, altre curiosa, molto spesso canzonatoria o un po' indignata, mi domandava se i discorsi che facevano lì e le storie che raccontavano mi appassionassero sul serio, se ci fossero persone interessanti, come se a nove anni potessi davvero mettere a fuoco quello che mi piaceva, che volevo fare, che ritenevo giusto per me, o a cui mi sarei sottratto volentieri. Di solito rispondevo che un po' mi annoiavo, ma che certi personaggi di cui parlava la Bibbia mi piacevano – Abramo disposto a uccidere Isacco pur di rimanere fedele a Geova, la moglie di Lot che fuggendo da Sodoma si guarda alle spalle e diventa una statua di sale, Mosè che apre il mare e scappa dall'Egitto con il suo popolo. Lei si accontentava di quelle risposte, come se non volesse esplorare oltre, e lasciava che, una volta ancora, rimanessi in bilico, ottenendo il suo amore con l'ammissione dell'insofferenza verso le adunanze, e quello di mio padre con l'entusiasmo per i protagonisti degli episodi biblici più avvincenti. Interpretavo alla perfezione quello che la Bibbia, attraverso Gesù, definiva lo "schiavo fedele e discreto".

Quando poi mio padre tornava dalle adunanze mi portava i saluti dei suoi fratelli testimoni di Geova e mi aggiornava su quanto la cerimonia fosse stata interessante e coinvolgente. "Oggi c'è stato un sermone bellissimo", "Il tema di stasera ti sarebbe piaciuto", "Emanuele, il figlio di Mario, si è dispiaciuto a non vederti". Sembrava che mi fossi perso l'evento più importante del mese, e che mio padre volesse generare in me uno straziante senso di esclusione per il raduno domenicale dei testimoni di Geova. Io ascoltavo, incassavo, e più vedevo il suo umore che si rasserenava e più il senso di colpa svaniva. E allora l'ansia si azzerava, io percepivo che mio padre mi voleva comunque bene e insieme a mia madre tornavamo a vivere la nostra quotidianità, dalla quale lei teneva il più lontano possibile i testimoni di Geova e in cui io mi muovevo in bilico come un trapezista circense che salta di continuo da una corda all'altra.

Da quando mio padre era tornato a vivere con mia madre, la famiglia allargata spesso si riuniva a casa nostra. Io, i miei genitori e i miei fratelli, tutti radunati a pranzo o a cena sotto lo stesso tetto senza che le discontinuità di sangue ci separassero. E se io reprimevo la mia avversità per la coercizione delle adunanze e mia madre faceva i conti con una visione del mondo diametralmente opposta alla sua, gli unici che vivevano con distacco e sarcasmo la seconda stagione da testimone di Geova di mio padre erano i miei fratelli, ormai maggiorenni. Davide e Vanessa si erano sottratti all'orbita di Geova tanti anni prima e Alessio, non essendo figlio di mio padre, non era mai stato particolarmente esposto ai suoi discorsi religiosi. Così, presero presto a chiamarmi "L'eletto". Colui che, almeno nelle speranze di mio padre, poteva ancora essere convertito. Come un primogenito reale che per tutta la vita si prepara a ereditare il trono, io ero quello che avrebbe ereditato la fede, i principi biblici e una interminabile sequenza di citofoni a cui andare a suonare ogni domenica mattina. Il fatto di avere nove anni non mi rendeva immune alla loro ironia, e allora prima dei pasti mi chiedevano se avessi fatto "la preghierina a Gesù", se all'ultima adunanza fossi riuscito a non addormentarmi neanche per un minuto o se a qualcuno di quegli incontri avessi già adocchiato la bambina che un giorno sarebbe potuta diventare la mia fedele moglie testimone di Geova. Davide, che da piccolo aveva fatto la mia stessa esperienza e perciò si atteggiava a sopravvissuto, era particolarmente sfacciato. "Mo' tocca a te. Non puoi deluderlo," mi diceva riferendosi a mio padre. "Ti stai preparando per il battesimo? Se ottieni la vita eterna magari ti danno un buono omaggio anche per noi." Mia madre rideva, potendo finalmente contare su degli alleati. E mio padre, adottando come difesa la calma serafica di Giobbe, non se la prendeva quasi mai. L'unico che non sapeva bene come reagire al quel sarcasmo ero io. Indignato o complice? Semplicemente non prendevo posizione, non sapevo neanche che fosse possibile farlo. E, da buon "eletto", ubbidivo, lasciando che quel tiro alla fune proseguisse. In attesa che un giorno, senza sapere come, la corda si spezzasse.

Quando poi era mia madre a essere chiamata in causa, con i miei fratelli che le chiedevano quando avrebbe partecipato alla sua prima adunanza o come avesse fatto a non cedere ancora al richiamo della vita eterna, lei rispondeva picchiettandosi la fronte con una mano e diceva *Ma chill'è scemo*. Ringraziare un Dio rivolgendosi a lui con una preghiera prima dei pasti? *Ma chill'è scemo.* Vivere la propria vita in attesa dell'Armageddon e dell'insediamento del governo celeste sulla Terra? *Ma chill'è scemo.* Riunirsi fino a tre volte a settimana con una comunità di fedeli insieme alla quale cantare, esercitare la propria fede, pontificare sul mondo? *Ma chill'è scemo.*

Quel tipo di occasioni famigliari le davano la certezza plebiscitaria che quello strano, in casa, fosse lui. Così, all'invito sobillatore di mio fratello Davide di fare un brindisi alla felicità, alla salute o alla famiglia, mia madre, consapevole che ai testimoni di Geova fosse vietato brindare – per la Bibbia equivale a una richiesta "al cielo" per ottenere una benedizione, appellandosi a una forza sovrumana, e quindi pagana – rispondeva piena di entusiasmo, sollevando in aria il calice e celebrando con vigore quell'augurio "alla famiglia". E allora mio fratello girava il coltello nella piaga, guardava mio padre e chiedeva: "Papà, perché non brindi?". E mio padre, come se non lo avesse già spiegato in precedenza, ribatteva: "Dal Libro di Isaia, 'voi siete di quelli che riempiono coppe di vino per il dio del destino'. E perciò idolatri". E così Davide, quasi galvanizzato da quella replica, alzava ulteriormente il calice e gridava: "E allora brindiamo anche alla salute di Isaia!". E il resto della famiglia gli andava dietro: "A Isaia!". Ed era tutto un tripudio di lodi e brindisi a profeti, apostoli, patriarchi e personaggi biblici, tra la compiacenza di mia madre e la rassegnazione di mio padre.

Ma quelle ricorrenze, oltre a dare a mia mamma delle piacevoli rivincite, la rassicuravano sul fatto che fosse possibile convivere con un testimone di Geova in casa senza rinunciare al proprio scetticismo religioso e alla propria ironia. Si poteva coesistere ognuno nella sua trincea, ben saldo nelle proprie convinzioni. Tanto *chillo scemo* era sempre l'altro. E se c'era un terreno da contendersi, era quello della mia coscienza, sospesa tra il credere fermamente a quanto mi trasmetteva mio padre e il dar credito all'ateismo perentorio di mia madre.

"Papà?"

"Sì?"

"Ma quindi tutti i testimoni di Geova vivranno per sempre?"

"Esatto."

"Ma non è una cosa da supereroi?"

"In un certo senso."

"Ma come è possibile!?"

"Lo sai. Ci sarà l'Armageddon, e subito dopo molti fratelli morti verranno resuscitati per popolare il mondo in eterno."

"E non invecchieranno mai?"

"Mai."

"E che aspetto avranno?"

"In che senso?"

"Se uno vive per sempre e non invecchia mai che aspetto ha?"

"Giovanile, sulla quarantina o giù di lì. Pieno di vigore."

"Tipo Superman?"

"Tipo."

"Ma io ho nove anni. Se l'Armageddon arriva ora che succede? Divento grande di colpo?"

"Crescerai lentamente, come hai fatto finora."

"E poi?"

"E poi diventerai un uomo, e non invecchierai più."

"E tu diventerei più giovane?"
"Sì."
"Ma questo vuol dire che a un certo punto avremo la stessa età!"
"Potrebbe accadere."
"E quindi non sarai più mio padre?"
"Ma certo che sarò tuo padre."
"E come farai a sgridarmi, se avremo la stessa età?"
"Mi auguro che a quarant'anni non dovrai più essere sgridato."
"E sulla Terra avranno tutti quarant'anni?"
"Vedremo, è una cosa che saprà gestire Geova Dio."
"Forse è per questo che mamma non viene mai con noi in Sala."
"Cioè?"
"Perché non vuole che un giorno avremo la stessa età e non potrà più farmi da mamma."
"Non credo sia per questo."
"E allora perché?"
"Ci sto lavorando. Spero si convinca presto a venire."
"E se non viene?"
"Al momento non voglio pensarci."
"Ma che succede se non viene?"
"Saremo solo io e te, e tutto il popolo di Geova."
"..."
"..."
"Papà?"
"Eh."
"Se proprio deve finire il mondo, spero tanto che mamma si convinca."
"Lo so. Lo spero anche io."
"Dille che posso rimanere per sempre suo figlio di nove anni, anche nel nuovo mondo."
"Non credo sia possibile."
"È una cosa che saprà gestire Geova Dio. Tu diglielo a mamma!"

Avevo cominciato da poco la quarta elementare quando, nel 1999, ci fu il boom delle carte Pokémon. In Giappone erano uscite nel 1996, ma in Italia erano arrivate soltanto qualche anno dopo. All'inizio, prima che il gioco si evolvesse e ne venissero create diverse evoluzioni ed espansioni, i Pokémon erano soltanto centocinquantuno. Centocinquantuno animaletti dalle proprietà mutanti per cui io, i miei compagni di classe e quasi tutti i coetanei conosciuti in quel periodo avevamo sviluppato un'ossessione. Ogni pacchetto, che conteneva undici nuove carte, costava dalle cinque alle settemila lire, a seconda dei rivenditori. La serie completa aveva una trentina di carte rare brillanti e le probabilità di trovarne una in un pacchetto erano molto basse. Vicino casa mia, in via Cavour, aveva aperto *Strategia e Tattica*, un negozio specializzato in giochi di ruolo, da tavolo, giochi di società e carte collezionabili. Convincere genitori, fratelli, zii e chiunque avesse un minimo di potere d'acquisto ad andare da *Strategia e Tattica* e spendere i soldi per un pacchetto di Pokémon era diventato un obiettivo quotidiano e disperato per me e tutti i miei amici. Fu con i Pokémon che capii per la prima volta i privilegi e le frustrazioni delle disparità di classe. Provavo un'enorme invidia, che spesso sfociava in rabbia, per quei compagni di scuola i cui genitori erano disposti a comprare decine di pacchetti di Pokémon a settimana ai loro figli – aumentando esponenzialmente le loro probabilità di diventare possessori di carte rare brillanti. Nel mio caso, escluse le poche occasioni in cui ero riuscito a mettere insieme le cinquemila lire necessarie, i miei genitori applicavano una certa parsimonia in quell'acquisto. Uno, due pacchetti a settimana. Pacchetti in cui concentravo tutte le mie speranze di trovare Pokémon brillanti e di evitare i doppioni. Da queste "concentrazioni di speranze" nacquero le mie prime rudimentali, inconsapevoli e brevissime preghiere a Dio. "Ti prego, fa' che nel pacchetto ci sia Charizard", "Ti prego, aiutami a trovare almeno una carta brillante", "Basta Rattata, ti prego", erano i pensieri che avevo tutte le volte che mi ritrovavo ad aprire un pacchetto di Pokémon. Charizard, in particolare, era il Santo Graal dei collezionisti di Pokémon. 120 punti vita, capacità di danno 100, appartenente alla categoria fuoco, era la carta più rara e potente che un bambino della mia età potesse desiderare.

Una volta avevo trovato Venusaur. 100 punti vita, capacità di danno 60, Venusaur apparteneva alla categoria erba ed era uno dei nemici giurati di Charizard. Una sorta di Pokémon vegetariano. Quel pomeriggio mio padre mi aveva comprato un solo pacchetto e quando lo avevo scartato trovando un Pokémon così raro mi ero sentito un predestinato. Ero un eletto. I miei desideri, finalmente, erano stati esauditi grazie a un misto di fortuna e di riconoscenza cosmica per tutti i pacchetti sfigati che mi erano capitati.

La stessa apparente fortuna che, qualche settimana dopo, alla Sala del Regno, mi avrebbe portato a fare quello che sul momento mi parve un ottimo scambio di Pokémon con alcuni miei coetanei che frequentavano la congregazione. Ormai era quasi un anno che andavo alle adunanze con mio padre e avevo fatto amicizia con una manciata di ragazzini della mia età. Ogni volta che li incontravo avevo la sensazione che fossimo reciprocamente sollevati nel sapere che non avremmo dovuto assistere all'intera cerimonia da soli, circondati soltanto da adulti. All'inizio o alla fine delle adunanze, o nelle pause tra un sermone e l'altro, ci vedevamo nel bagno della Sala e parlavamo della Roma, degli sport che praticavamo, dei nuovi giochi della Playstation, della partita di calcetto che la congregazione stava pensando di organizzare. E, con mia grande sorpresa, anche dei Pokémon. L'opinione vagamente contraria che aveva espresso mio padre sulle carte Pokémon – nonostante poi mi concedesse di comprarle – mi aveva portato a credere che non fossero una cosa da testimoni di Geova: "Hanno qualcosa di malvagio ed esoterico". Troppo pagane. E troppo pagano, e consumista, era il culto che si era formato intorno al loro collezionismo. Mio padre mi aveva addirittura letto un passo della Bibbia per giustificare quelle convinzioni: "Non vi farete idoli, né statue e non collocherete nel vostro paese alcuna pietra ornata di figure". (Isaia 40:18-26). Per questo, quando scoprii che anche gli altri bambini della congregazione ci giocavano, e che tra loro c'erano alcuni dei più validi collezionisti di carte rare brillanti che avessi mai conosciuto, pensai di avere finalmente un motivo per accompagnare mio padre: bastava che al posto del relatore sul podio e dei suoi pallosissimi sermoni immaginassi Pikachu, le trattative e l'idea che il mio mazzo potesse uscirne rafforzato, e tutto risultava più sopportabile.

Così, proprio durante un'adunanza domenicale che pareva non terminare mai, chiuso in bagno con gli altri ragazzini, feci uno scambio di carte Pokémon che mi sembrò irrinunciabile. Io e un bambino di cui non ricordo più il nome, sempre vestito in modo elegante, con l'abito scuro e le scarpine di pelle lucida, stavamo provando a intavolare un'operazione che fosse conveniente per entrambi. Nessuno voleva accettare i doppioni dell'altro, nessuno voleva rinunciare svantaggiosamente a una carta brillante. A un certo punto, mentre vagliavo il suo mazzo in cerca di qualcosa che mi potesse interessare, vidi un Pokémon di cui ignoravo completamente l'esistenza. Brillante. Raro. Dall'aspetto goffo e innocuo, ma con 8.000 punti vita e due mosse dalla capacità di danno 2.000. Si chiamava Palpitad e, a quanto mi disse il suo proprietario, veniva dall'America, dove i Pokémon erano ormai molti di più di 151 e i loro punteggi ben più alti. In Italia sarebbe arrivato soltanto tra qualche mese, forse un anno, disse, e al momento era concesso collezionarlo ma non usarlo nelle partite ufficiali. Per questo era disposto a privarsene. In cambio, mi disse mentre esaminava a sua volta il mio mazzo, avrebbe voluto Venusaur, la mia carta più preziosa. Ero molto indeciso. Quasi terrorizzato. Palpitad, pensai, sembrava di parecchio più forte di Charizard, il Pokémon più letale che avessi mai conosciuto. Inoltre, almeno per i primi mesi, sarebbe stato tra i Pokémon più rari in circolazione. Ci pensai su qualche istante, fissando Venusaur come un figlio che si è in procinto di abbandonare. Fallo, mi dissi. È la tua occasione. E a quel punto, senza esitare, allungai la carta al ragazzino davanti a me, che con occhi sgranati, viso pallido e la lingua che pennellava le labbra quasi a gustarsi un pasto prelibato, la afferrò. Lo scambio era fatto.

Il giorno dopo andai a scuola covando un'enorme eccitazione all'idea di mostrare quella carta ai miei compagni di classe. Decisi di aspettare la ricreazione. Volevo che fosse un momento solenne. Quando suonò la campanella delle 11, dissi ai miei amici che avevo qualcosa da mostrare. Un Pokémon rarissimo. Si raccolsero tutti intorno al mio banco, sul quale era poggiato il raccoglitore con le carte. Lo aprii alla pagina in cui avevo infilato Palpitad, lo coprii con una mano e dopo pochi istanti la sollevai:

"Guardate".

La prima reazione fu un misto di stupore e ammirazione, quella che si riserva davanti a qualcosa di inestimabile. Era come se tutti i presenti si fossero improvvisamente trovati di fronte a una divinità – il che avrebbe avvalorato le tesi idolatriche di mio padre.

"Da dove viene un Pokémon così potente?" chiese però a un certo punto Jiaji, un mio compagno di classe cinese, modesto collezionista ma grande esperto di carte, mazzi ed espansioni.

Presi a raccontare la storia dell'America, dei punteggi molto più alti, e fu allora che un altro dei miei compagni disse:

"Ho due cugini americani che collezionano Pokémon e quando sono venuti a trovarci avevano le mie stesse carte".

"Mai visto nulla di simile. Quel Pokémon non esiste," tornò aggressivamente alla carica Jiaji.

"Questo Pokémon è americano," feci io.

"Non è vero, i miei cugini non lo conoscono," rispose l'altro.

"Faccelo vedere da vicino," propose Jiaji.

Sfilai la carta dalla bustina di plastica, gliela porsi e lui iniziò a scrutarla. Quella procedura di autenticazione mi coglieva del tutto impreparato. Non avevo preso in considerazione l'eventualità che la carta potesse non essere vera. Iniziai a vergognarmi. Era una situazione penosa. E lo fu ancora di più quando Jiaji, poco dopo, decretò:

"È falsa".

I colori erano inequivocabilmente contraffatti, con i bordi e la parte brillante troppo sbiaditi. In più c'era la questione dei punteggi esageratamente alti, che se fossero stati reali avrebbero sballato tutto il gioco. Mi ridiede la carta e, senza perdere altro tempo, si allontanò dal mio banco insieme ai compagni. Rimasi solo con Palpitad. E con la dolorosissima sensazione di essere stato raggirato. Come era possibile che il figlio di un testimone di Geova mi avesse ingannato? La storia dell'America era una sua invenzione? E per di più nel tempio di Dio – per quanto in uno dei suoi bagni – e durante il sermone? Oppure anche lui, a sua volta, era stato imbrogliato? Non lo avrei mai saputo. Non ebbi mai il coraggio di chiederglielo e di andare fino in fondo a quel mistero.

All'adunanza successiva feci finta di niente. Decisi però di non fare più scambi con lui. Soprattutto per evitare di scorrere il suo mazzo e imbattermi in Venusaur. Il mio rimpianto più grande. Palpitad, invece, lo sfilai dal raccoglitore e lo misi in una scatola di latta insieme alle carte telefoniche che avevo smesso di collezionare qualche anno prima. Non lo volli più vedere. E non dovevano vederlo più nemmeno gli altri. Riposi la scatola sulla mensola più alta della libreria della mia camera e pensai, rivolto a un'entità ancora informe: "Aiutami a riavere Venusaur, ti prego. Aiutami a farlo tornare da me".

Una domenica di qualche settimana dopo, durante uno dei pranzi di famiglia a casa nostra, aspettai che tutti avessero finito di mangiare per andare nella mia stanza con Davide. Gli dissi che volevo raccontargli una cosa. Qualcosa che desideravo confessare soltanto a lui. Ci alzammo da tavola, sgattaiolammo nel corridoio e, quando finalmente rimanemmo soli, seduti uno accanto all'altro su un divanetto, gli confessai:

"Lo sai che ogni tanto, quando le adunanze sono proprio una palla, mi chiudo nel bagno con gli altri bambini a giocare con le carte Pokémon?".

Il suo viso si stese in un sorriso esultante, complice, e ne fui entusiasta. Pensavo di aver sbaragliato quell'uditorio composto soltanto da mio fratello. Ma poco dopo, con un ghigno compiaciuto e un po' sbruffone, Davide rilanciò dicendo:

"Sé, vabbè, non sai che combinavo io nei bagni della Sala".

E così venne fuori che quando anche lui era costretto a frequentare la congregazione dei testimoni di Geova, a sette anni, si chiudeva in bagno insieme agli altri bambini e alle altre bambine e, dando vita a quanto di più peccaminoso si potesse allestire nel tempio di Dio, "giocavano al dottore". In particolare, lo faceva con due sorelline figlie di un amico di mio padre.

"Le De Santis, avevano sette e otto anni, mi pare. Con i capelli castani, lisci, sembravano due gemelline," nel descriverle a mio fratello brillarono gli occhi.

Erano loro, come sirene dal canto irresistibile, che nei momenti più tediosi delle adunanze attiravano mio fratello nella toilette per intrattenerlo con quel passatempo malizioso. Gli adulti, stufi di doverli riprendere per il brusio che facevano durante i sermoni o lo studio dei testi sacri, tolleravano quel viavai dei più piccoli dal bagno, rendendosi inconsapevoli complici della blasfemia. "Davide, fai tu il dottore?", "Davide, mi sa che mi sono fatta male", "Davide, Davide, aiutaci a guarire", il copione era sempre lo stesso, con le due sorelle che si immolavano per farsi esaminare il corpo e lasciare che mio fratello diagnosticasse loro qualsiasi tipo di malore. E così, se per me i bagni della Sala erano il luogo in cui scambiare le carte di una schiera di mostriciattoli tascabili, per mio fratello erano stati un nascondiglio dove aver accesso a lembi di nudità di corpi pallidi e ossuti. Ancora una volta, era il più precoce della famiglia. E colui che sembrava non aver mai temuto lo sguardo severo di mio padre.

"E non avevi paura che ti scoprissero?" fu la mia reazione a quella rivelazione oscena.

"Embè, ero così eccitato che neanche se fosse comparso Gesù sarei uscito da quel bagno."

Come mia madre, mio fratello incarnava la voce della dissidenza e dell'emancipazione. Avere quelle conversazioni con lui era come mettere in discussione l'autorità di mio padre, anche se allora non potevo capirlo, se non confusamente. La sua spregiudicatezza mi faceva lo stesso effetto dei corpi delle bambine che mi descriveva: mi intimidiva, e mi affascinava. Avrei mai avuto il coraggio di ribellarmi all'austera volontà di mio papà e a quella di Geova? Mi sembrava impossibile.

Avrei potuto fingere un mal di pancia o di dover studiare per il test di *reading* in inglese per saltare qualsiasi adunanza, o chiedere a mia madre di passare del tempo con lei per sottrarmi allo studio fine settimanale del libro, ma l'appuntamento a cui non avrei mai potuto mancare, l'occasione per cui ero sicuro che mio padre sarebbe stato disposto a sequestrarmi e a portarmi con lui senza ascoltare ragioni, il Gran Galà per cui ogni testimone di Geova indossava il suo vestito migliore, era la Commemorazione annuale della morte di Gesù Cristo. Si festeggia ogni 14 di nisan, che per il calendario ebraico è il giorno stesso in cui cade la Pasqua. È la celebrazione a cui i testimoni di Geova cercano di far partecipare più persone possibili – curiosi, indecisi, familiari, amici disposti ad accontentarli, anziani in cerca di compagnia – e poi dura solo quaranta minuti.

"Neanche se durasse cinque minuti," gli aveva risposto mia madre la prima volta che mio papà le aveva proposto di seguirlo almeno in quella circostanza.

"Direi che ho già dato," aveva replicato Davide quando nostro padre gli aveva offerto, per quell'avvenimento, di tornare a fare un salto tra i testimoni di Geova. "Magari l'anno prossimo," lo aveva gentilmente dissuaso mio fratello Alessio. Mia sorella Vanessa, invece, si era trasferita a vivere fuori Roma e con lei mio padre tentava solo di rado. Quando invece lo chiese a me ne fui entusiasta, ma solo perché mi disse che un momento importante di quella serata, oltre a un discorso che metteva in risalto l'importanza della morte di Gesù e spiegava come potessimo trarne beneficio, prevedeva che i presenti facessero circolare tra loro del pane non lievitato e del vino rosso, come simboli della carne e del sangue di Cristo. L'idea mi esaltava. Soprattutto, ma questo a mio padre non lo dicevo, per il fatto che si sarebbe svolto in meno di un'ora. Mi gasai ancora di più quando mi raccontò di come gli unici che avrebbero potuto mangiare il pane e bere il vino (nel gergo "prendere gli emblemi") erano quelli che la Bibbia definiva i 144.000: una schiera di eletti che dopo l'Armageddon avrebbe governato con Dio e Gesù nel Regno dei Cieli. Erano persone che, attraverso una connessione spirituale intima ed esclusiva, comunicavano con la sfera celeste già da vivi. "Gli eletti!" come mi definivano i miei fratelli. Me li immaginai come gli Avengers del Signore. Un esercito di supereroi che agivano come guardie del corpo di Gesù e vigilavano sul nuovo mondo terrestre.

"Papà, ma se dovessi continuare a venire con te posso diventare uno di loro?"

"Difficile, figlio mio. L'energia che percepiscono è qualcosa di inconfondibile. O ce l'hai o non ce l'hai."

La sera a cui partecipai alla mia prima Commemorazione, verso le 19 di una domenica di primavera, il cielo di Roma, arancione e violaceo, ricordava quelli dei disegni biblici nel mio libretto giallo. Ero in fibrillazione. Per quell'occorrenza avevo indossato una camicia bianca sotto a un maglione a V e dei pantaloni scuri, a differenza dei soliti jeans e felpa. Entrando nella Sala percepii subito un'atmosfera diversa, elettrica, erano tutti più sorridenti del solito, come a un matrimonio o a un battesimo, e quando mi videro arrivare molti dei presenti mi accolsero come il figliol prodigo. Si capiva che era un'occasione speciale. Come se l'onnipotente Cristo Gesù potesse apparire in quell'edificio di Portuense da un momento all'altro.

Dopo i saluti, gli abbracci e i convenevoli, ognuno prese posto e la commemorazione poté cominciare. Cantico, preghiera e poi il discorso di cui mi aveva parlato mio padre. Finché, dopo una ventina di minuti, non arrivò il momento che stavo aspettando. Alcuni degli anziani si diressero verso una stanza al lato della Sala e ne uscirono con in mano dei piatti d'argento su cui erano posati del pane e dei calici di vino rosso. Ero estasiato all'idea di far transitare quegli elementi sacri tra le mie mani, e all'ipotesi che qualcuno di noi lì dentro potesse rivelarsi uno dei 144.000. Gli anziani si avvicinarono alla fila iniziale di sedie e cominciarono a far scorrere i piattini.

Prima fila: nessuno bevve o mangiò.

Seconda fila: idem.

Terza fila: tutto uguale.

Quarta fila: venne il mio turno e quello di mio padre. Man mano che il vino e il pane si avvicinavano iniziai a palpitare.

Mio padre mi fece una carezza sulla coscia per rassicurarmi. E se avessi rovesciato il sangue e la carne di Gesù per tutto il pavimento? Sarei stato relegato in un girone infernale pieno di scarpini Kronos, carte Pokémon false e adunanze della durata di quindici ore. La persona accanto a mio padre gli passò i piatti uno alla volta, e dopo averli trattenuti pochi secondi lui li allungò a me. Mi concentrai con tutto me stesso per captare qualsiasi tipo di connessione o vibrazione spirituale. Chiusi gli occhi. O in quel momento o mai più. Trascorso qualche istante, mio padre mi si avvicinò delicatamente all'orecchio e mi sottrasse alla mia bolla meditativa:

"Paolo, su, fai scorrere il pane".

Non si era innescata nessuna energia. Il mio sogno di diventare l'Iron Man dell'esercito eletto di Gesù finiva lì. Consegnai il pane e i calici al testimone di Geova accanto a me e rimasi a osservare il resto della processione in silenzio. E quando già mi ero rassegnato a una Commemorazione senza grandi sussulti, in una delle ultime file della Sala accadde qualcosa di più emozionante di qualsiasi film della Marvel: una signora anziana, con la testa incassata tra le spalle, gli arti minuti e gli occhi piccoli come spilli, strappò un pezzo del pane non lievitato, lo mangiò e subito dopo bevve un sorso del vino rosso. Era una dei 144.000! O almeno così stava dichiarando a tutti quelli intorno a lei. Ero eccitato e sorpreso. Com'era possibile che Geova avesse scelto quella creatura inoffensiva e rattrappita per far parte delle milizie di suo figlio Gesù? Avrà avuto più di ottant'anni, bastava che Satana il Diavolo le facesse "Buh" alle spalle per farla morire di crepacuore.

"Papà, com'è possibile?"

"Shhh," mi rispose, tornando a guardare davanti a sé e distogliendo gli occhi dalla vecchina.

Bisognava simulare disinvoltura davanti a quell'episodio eccezionale. Geova non avrebbe tollerato nessuna spettacolarizzazione di quello che per lui era l'ordinario manifestarsi della sua volontà. Non potevo crederci, una specie di Neo di

Matrix si era appena rivelato in quella stanza e nessuno era ancora corso a baciargli i piedi e a stringergli le mani.

I piattini furono messi da parte, vennero letti alcuni passi biblici, ci fu un nuovo cantico e poi la preghiera finale. Appena possibile, mi voltavo per controllare se la vecchina stesse facendo qualcosa di diverso dagli altri, ma non sembrava. Leggeva, cantava e pregava come tutti i testimoni di Geova in quella Sala. Al termine della Commemorazione, quando ormai i fedeli si erano alzati e si stavano formando piccoli capannelli di persone, mio padre mi invitò a rimanere seduto ancora qualche secondo.

"È la prima volta che quella signora partecipa alla Commemorazione da noi," mi disse. "Ha cambiato congregazione da poco. Ci avevano avvertito che avrebbe potuto prendere gli emblemi. Ma finché non accade, non si sa mai."

"E perché non me l'hai detto?"

"Perché altrimenti ti saresti concentrato su di lei, e non sul messaggio di Gesù."

E infatti del messaggio di Cristo non ci avevo capito niente, se non che durante la Commemorazione avevano detto che era morto su un palo e non sulla croce che si vedeva nelle chiese e in tanti altri posti (per Geova l'adorazione per la Santa Croce era una pratica di idolatria pagana).

"E adesso, che cosa le succederà?" sollecitai di nuovo mio padre.

"Niente. Verrà trattata come tutti gli altri, e ogni anno farà la stessa cosa che ha fatto oggi. Finché un giorno non si aggregherà al Regno di Dio in cielo."

"E tu, papà, farai mai parte dei 144.000?"

Mi rispose di no, non avrebbe mai fatto parte dei 144.000. Per il semplice fatto che nel tempo si era avvicinato e allontanato da Geova più volte: un fedelissimo alfiere celeste non avrebbe mai dovuto mostrare una tale indecisione.

A quel punto ci alzammo, mio padre commentò brevemente quanto era accaduto con un po' di fratelli e sorelle, poi salutammo – non la vecchina, che era già circondata da diversi presenti – e ci avviammo verso l'uscita. Quando stavamo per aprire la porta e andarcene, uno dei partecipanti ci si avvicinò, abbracciò mio padre e poi, immancabilmente, mi chiese:

"Allora, tornerai a trovarci?".

Tutte le volte che mi approssimavo alla soglia dell'uscita della Sala uno dei testimoni di Geova si rivolgeva a me in quel modo.

"Sei stato bene?", "Interessante l'adunanza, no?", "Che ne pensi delle parole di Dio?", "Ti è piaciuta la Commemorazione?", "Un fiorino!".

Ma in quell'occasione, forse per la breve durata della cerimonia, per l'elemento interattivo del passaggio del pane e del vino o per aver assistito a una speciale epifania che poteva capitare una volta nella vita, non lasciai che fosse mio padre a prendere la parola al posto mio e replicai:

"Forse sì".

Bastò quella prudente concessione per riempire entrambi di gioia e di speranza. E per regalare un sorriso a mio papà. Mi accarezzò i capelli, mi posò una mano sulla spalla e mi esortò a uscire. La Commemorazione era finita, Geova si era manifestato attraverso uno dei suoi prescelti e suo figlio aveva trascorso quel pomeriggio con lui. Mio padre non avrebbe potuto chiedere di più dalla vita.

Qualche tempo dopo, una domenica pomeriggio, ero con la mia classe a festeggiare il compleanno di una compagna in un McDonald's del centro di Roma e a un certo punto, nel momento della torta e delle candeline, mi sentii addosso gli occhi della bambina accanto a me.

"Perché non stai cantando tanti auguri?" mi chiese, avendo evidentemente notato il mio silenzio.

Gelo. Perché non ti fai i cazzi tuoi?, pensai dentro di me.

Cercando di contenere l'agitazione, le risposi che ero sovrappensiero, che mi ero soltanto distratto, e finii per intonare le ultime strofe della canzone. Ma quando già pensavo di essermela cavata, lei tornò a stuzzicarmi:

"Non hai cantato neanche alla festa di Alice. Ti ho visto".

Per un attimo sperai che quella bambina fosse presa d'assalto dalle stesse mosche velenose con le quali Geova aveva punito il popolo d'Egitto per non aver lasciato partire gli israeliti dal paese. O che fosse ricoperta dalle piaghe con le quali Dio aveva messo alla prova Giobbe. Qualsiasi cosa purché tacesse e non mi mettesse in imbarazzo davanti agli altri. Soprattutto perché aveva ragione. Non avevo cantato per scelta.

Una delle prime cose che mio padre mi aveva insegnato sui testimoni di Geova era che non festeggiavano né i compleanni né i Natali. Anche se la Bibbia non diceva nulla di esatto a riguardo, l'idea era che fossero entrambe ricorrenze pagane e per questo invise a Geova Dio: "...idolatria, spiritismo, inimicizia, liti, rivalità, sette, invidia, ubriachezza, feste sfrenate e cose del genere. A questo riguardo vi avverto, come vi ho già avvertito, che chi pratica tali cose non erediterà il Regno di Dio" (Galati 5:20-21). Il Natale, poi, celebrava la nascita di Gesù, mentre i testimoni di Geova ne commemoravano soltanto la morte.

Mia madre, del tutto immune alla dottrina di mio padre, non prese neanche in considerazione l'idea di rinunciare a onorare quelle ricorrenze. Né lui lo pretese mai da lei. "Considerami la più pagana delle pagane," gli disse mia madre una volta mentre si apprestava ad agghindare un albero di Natale artificiale con le palline lucide e le luci colorate. Anzi, da quando lui le aveva comunicato che non avrebbe più partecipato attivamente a quelle feste, lei sembrava esserne ancora più affezionata, come se si trattasse di un suo tratto identitario, e così era diventato fondamentale che la mattina del mio compleanno mi svegliassi con una torta e delle candeline da spegnere e scartassi il giorno stesso il regalo che mi spettava, o che durante il periodo natalizio la casa fosse puntellata di oggetti o decorazioni rosse, come fiori, bacche, tovagliette, dolci, e che nella cena del 24 e nel pranzo del 25 ogni cosa avvenisse nel rispetto delle usanze più tradizionali, e quindi idolatre, nonostante questo la costringesse a adoperarsi parecchio affinché fosse tutto come se lo immaginava, perfetto, in aperta opposizione ai dettami della religione di mio padre. Il quale, invece, da quando era tornato a essere un testimone di Geova, aveva smesso di rispettare quelle ritualità e ne aveva però diplomaticamente introdotte altre che consentissero di continuare a farsi regali e scambiarsi affetto reciproco in prossimità di quelle occasioni. Il mio compleanno, per esempio, aveva iniziato a festeggiarlo qualche giorno dopo rispetto alla data precisa; il Natale invece era stato sostituito con la "fine dell'anno", che non aveva mai un giorno esatto e non aveva nulla a che vedere con il Capodanno. Così, se mia madre continuava a festeggiarmi il 19 luglio, per mio padre quel giorno aveva smesso di possedere un significato particolare e aveva preso a farsi vivo soltanto il 20 o il 21, senza ovviamente farmi gli auguri ma ricordando il mio compleanno con allusioni neanche troppo velate: "Stai diventando grande, eh", "Non sei più un bambino...". Se in famiglia scartavamo i regali il 24 o il 25 dicembre, quelli di mio padre ci arrivavano il 31, l'1 o anche il 2, facendo passare quel momento come una sorta di bilancio dell'annata appena trascorsa, quasi sempre positivo.

Fin dalla prima Vigilia di Natale dopo il suo ritorno a casa, mio padre aveva deciso di partecipare al cenone con un approccio da testimone di Geova: si era seduto a tavola insieme a noi, aveva mangiato e bevuto con noi, aveva scartato i regali insieme a noi ed era stato felice con noi; allo stesso tempo, sedeva senza mai fare gli auguri a nessuno, senza mai pronunciare la parola "Natale" e senza fare brindisi. Pur conoscendone i riti e le convenzioni, faceva di tutto per aggirare i Natali.

E così il 24 sera la famiglia allargata, da consuetudine, aveva proseguito a riunirsi a casa nostra o da qualche altro parente, e nonostante un tacito patto voleva che per rispetto di mio papà si alludesse il meno possibile al motivo di quel raduno, si finiva sempre per metterlo bonariamente in mezzo e trattarlo come l'agnello sacrificale di fronte a un branco di lupi affamati e miscredenti, capeggiati al solito da mia madre e i miei fratelli: "Amore, Geova andrebbe pazzo per questi fritti: sono la fine del mondo", "Papà, ma se Babbo Natale non trova il camino suona al citofono come i testimoni di Geova?", "Lo sappiamo che non ami ricevere regali, ma nell'eventualità un copribibbia in pelle ti sarebbe piaciuto?". Mio padre sorrideva, mai permaloso, mai rabbuiato, e il resto della famiglia apprezzava quella capacità camaleontica di rimanere fedele a sé stesso pur calandosi in un contesto che il suo Dio e le sue Sacre Scritture condannavano. Adottando un approccio da Voltaire dei testimoni di Geova, superava i dissidi che dividevano le nostre diverse visioni del mondo e manifestava amore verso tutti noi, e verso la tolleranza di mia madre. Anche io sorridevo alle battute dei miei fratelli, e in cuor mio esultavo per non aver dovuto rinunciare a nessun festeggiamento. Eppure, da quando la religione di mio padre era entrata in casa nostra e io avevo preso a frequentare i testimoni di Geova, avevo iniziato a considerare i Natali e i compleanni come un centauro composto per metà dalle credenze di mia madre e per metà da quelle di mio padre: un po' sacri e un po' profani, un po' sbagliati e un po' giusti, un po' da celebrare e un po' da vivere con distacco. Per questo, a partire dagli otto anni, in ossequio a quanto mi aveva detto mio papà ed evitando di peccare di divinazione, avevo deciso di non cantare più tanti auguri alle feste degli altri, comprese quelle dei miei compagni di scuola.

"Allora, perché sei rimasto in silenzio?" riprese a domandarmi la mia compagna di classe.

Quel giorno al McDonald's io, che non avevo detto a nessuno che mio padre era diventato un testimone di Geova, mi ritrovai a mentire per la prima di tantissime altre volte, cercando di sembrare credibile e di assumere la più feroce delle *poker face*:

"Qualche mese fa è morto mio nonno. Il giorno del mio compleanno. Quando sento cantare 'tanti auguri' penso a lui, e mi zittisco".

Il gelo che inizialmente avevo provato io si trasferì su di lei, che balbettò delle scuse e tornò a concentrarsi sul festeggiato e lo scarto dei regali. Da allora iniziai a essere estremamente cauto e circospetto quando si avvicinava il momento della torta e delle candeline. Comportandomi come un truffatore attento a non rivelare il suo raggiro, un impostore che non vuole essere scoperto.

"Papà?"

"Dimmi."

"Quali sono le altre cose che i testimoni di Geova non possono fare?"

"Che intendi?"

"Non possono fumare, non possono festeggiare il Natale e i compleanni, e poi?"

"Ci sono diverse cose, ma non c'è una lista, non so farti un elenco."

"Dài, dimmene qualcun'altra."

"Mmm. Non brindano. Non si fanno gli auguri. Non giocano d'azzardo."

"Queste le sapevo già. Altre?"

"Be', non possono accettare le trasfusioni di sangue."

"Cioè?"

"Nella Bibbia c'è scritto che il sangue è la vita, e non va *mangiato* quello degli altri."

"Che schifo, certo che non va mangiato."

"*Mangiato* nel senso di assimilato, assorbito. Tipo con le iniezioni."

"Non possono fare le iniezioni?"

"Possono, ma senza ricevere sangue di altri. Nel caso di certe operazioni, per esempio."

"E come fanno?"

"Fanno, ma senza sangue. Abbiamo un tesserino nel portafoglio che vieta di farci trasfusioni, e invita i medici a usare terapie alternative."

"Posso vederlo?"

"Dopo te lo faccio vedere."

"Mmm, ok. E io?"

"Tu cosa?"

"Posso ricevere il sangue di altri?"

"Ti auguro di non averne mai bisogno."

"E se capita?"

"Preferirei di no. Ma non dipende solo da me."

"E da chi?"

"Da tua madre, ovviamente."

"Ma se le dico che non voglio più mangiare il sangue?"

"Penserà che sei matto."

"Allora glielo dici tu per me."

"Per adesso non c'è bisogno di dirle nulla."

"Allora avrò bisogno di un tesserino nel portafoglio anch'io."

"Ma se non hai neanche un portafoglio."

Il giorno in cui capii di aver concesso a Geova di entrare a far parte stabilmente della mia infanzia lo associo al mare, alla sabbia e alla paura. Era una delle tante estati trascorse in Salento con i miei genitori, un anno e mezzo dopo la prima adunanza. Una mattina avevamo preso la macchina e avevamo guidato fino a una spiaggia che si raggiungeva con una camminata di una decina di minuti attraverso una pineta. Una volta parcheggiato, scaricato l'ombrellone e un paio di borse di paglia con le maschere e gli asciugamani, mi ero avviato verso il mare convinto che mia madre e mio padre mi stessero seguendo. Dopo aver percorso pochi metri tra gli alberi e le dune, mi voltai. Non c'era nessuno. Chiamai i miei genitori, ma non ottenni risposta. Tornai indietro fino al parcheggio, ma di loro non vi era traccia. Feci avanti e indietro ancora una volta, inutilmente. Li avevo persi. Mi tremavano le gambe, cominciavo a preoccuparmi sul serio, eppure invece di fermarmi in un punto e aspettarli, magari vicino alla macchina, mi addentrai nella pineta in direzione della spiaggia. Camminavo stringendo un piccolo pareo bordeaux nella mano e borbottavo sottovoce: "Papà, mamma, dove siete? Io sono qui, voi dove siete? Mamma, papà, venite fuori". Proseguii verso quella che credevo fosse la direzione del mare. A un bivio svoltai a destra, non sapevo se mi stessi allontanando ancora di più dall'area del parcheggio, e avanzai sperando che i dieci minuti del tragitto si esaurissero in fretta. Sudavo, avevo il cuore che pulsava senza controllo e nella testa continuavo a ripetere *aiuto, aiuto, aiuto, aiuto*, in un disperato SOS telepatico che speravo qualcuno potesse captare. Dopo aver deambulato alla cieca per quello che mi era parso un tempo interminabile, mi sedetti su un mucchietto di sabbia e, lasciando che la tensione defluisse per un attimo fuori da me, scoppiai a piangere. Fu allora che, affranto, tra le lacrime e le suppliche ai miei genitori di riapparire, mi venne istintivo fare l'unica cosa che credevo potesse salvarmi: pregai Geova. L'SOS, capii, era destinato a lui: *Geova Dio, mi sono perso, aiutami a ritrovare i miei genitori, ti prego, ti prego, ho paura, non so dove andare, aiutami tu, per favore. Ho bisogno di te. Aiutami. Nel nome di Gesù. Amen.*

Se per trovare le carte Pokémon brillanti non mi ero rivolto a lui, nell'emergenza non esitai. E il solo invocarlo mi rasserenò. Come se potessi contare su un alleato in più in quella situazione di panico. Dopo qualche minuto trascorso a riprendere fiato, sentii le voci di una coppia di adulti avvicinarsi. Quando spuntarono, nel vedere il mio viso stravolto, mi chiesero cosa fosse successo e se avessi bisogno di soccorso. Raccontai loro del parcheggio, dei miei genitori, il mio errare a vuoto nella pineta, e loro mi condussero verso la spiaggia, che alla fine era a poche decine di metri da dove mi ero fermato. Ovviamente tenni per me la storia della preghiera a Geova, a cui sentivo già di dover essere grato. Da lì, facemmo avanti e indietro prima in una direzione e poi nell'altra, sperando di rintracciare i miei genitori tra i bagnanti o le persone stese al sole. Finché, in lontananza, non vidi mio padre camminare sulla battigia e sbracciarsi nella mia direzione. Corsi verso di lui, e lui fece qualcosa di simile. Ci stringemmo, felici e un po' commossi. In quell'istante mio papà si avvicinò al mio orecchio e mi disse: "Ho pregato Geova per riportarti da me. Mi ha ascoltato". Scoppiai a piangere di nuovo, con la mia testa nascosta tra le sue braccia e le mie unghie affondate nella sua schiena. "Anch'io," gli risposi, dandogli, senza saperlo, una delle soddisfazioni più grandi della sua vita. Poi ci liberammo da quell'abbraccio, ringraziammo i signori che si erano presi cura di me e, mano nella mano, ci avviammo verso il punto in cui mia madre ci stava aspettando. A lei non avrei mai raccontato dell'implorazione a Dio.

Cose immorali

"La scuola serve soltanto a omologare le persone."

Caterina va in città

A quattordici anni, per seguire l'esempio di mio fratello Alessio e di altri amici delle medie, mi iscrissi a uno dei licei classici più elitari del centro di Roma. Una di quelle scuole in cui la pressione sociale può essere schiacciante, e in cui ci si può facilmente sentire inadeguati e provare vergogna verso qualcosa per cui neanche sapevi di doverti vergognare. E quando tuo padre crede in una religione i cui appartenenti sono considerati dei grandissimi sfigati in tutto il mondo – e tu non lo hai detto a nessuno –, di vergogna, inevitabilmente, arrivi a provarne tanta.

Come in un venerdì pomeriggio in cui, usciti da scuola, io e un gruppetto di altri amici del quarto ginnasio andammo a casa di Filippo – approfittando che sua madre era spesso fuori città –, un appartamento a Monteverde col giardino, i cani, il tavolo da ping pong e una porta da calcetto in cui passavamo ore a giocare a "Tedesca" o ad allenarci a battere le punizioni. Dopo lo sforzo fisico di solito finivamo davanti alla tv, a giocare a *Pro Evolution Soccer* o a guardare una puntata di una sitcom o di una serie animata.

Quella volta, a causa della pioggia battente, saltammo la fase atletica e ci posizionammo direttamente sui divani del salotto davanti a un vecchio episodio de *I Griffin*. Conoscevamo a memoria tutte le stagioni, perciò spesso le vedevamo con la coda dell'occhio, distratti dalle canne che giravano, dalle chiacchiere, dalle prese per il culo, dai cellulari che squillavano per le chiamate di qualche fidanzata o di un amico che voleva raggiungerci. E così non mi accorsi subito che sullo schermo Samsung da 65 pollici Peter Griffin aveva deciso di fingersi un testimone di Geova per andare a bussare alle porte dei vicini e farsi falso portatore della Verità. Non ricordavo quella scena. Impietrii. Cercai subito di capire quanta attenzione le stessero dedicando i miei amici. Tanta. Improvvisamente, forse perché non c'era più niente da fumare e i cellulari avevano smesso di suonare, erano tutti incollati alla tv. "Salve, mi chiamo Peter, testimone di Geova, sono qui per diffondere la buona novella di Gesù Cristo." Convinto di importunarlo, Peter veniva invece accolto dal vicino con cordialità e si stupiva della gentilezza che l'altro gli riservava. "Wow. Lei è la prima persona che non mi sbatte la porta in faccia." Mio Dio. Quel pomeriggio di cazzeggio si stava improvvisamente tramutando in un incubo. Mi irrigidii. Trattenni il respiro sperando che nessuno facesse battute sull'argomento o sollevasse curiosità sul tema.

"Col cazzo che io gli aprivo la porta," disse, sbottando, Filippo. "L'altro weekend mi hanno citofonato e per poco non gli mandavo i cani. Alla fine ci ha parlato mia sorella, li ha convinti a bussare alla vicina."

Ci fu un coro di risate.

Immaginai mio padre assalito da due pastori tedeschi che lo travolgevano fino a farlo cadere a terra per masticare i suoi opuscoli e ridurli in coriandoli inutilizzabili. Un'immagine patetica e raggelante.

Provai un moto protettivo nei confronti di mio papà.

"Raga, ci facciamo una partita alla Play?" tentai di dire con tutta la disinvoltura possibile.

Per un istante gli altri mi guardarono come se avessi interrotto un momento solenne, una cerimonia catartica. Rimanemmo in una sorta di stallo per qualche secondo. Poi i miei amici emisero qualche grugnito di approvazione e cambiarono canale.

"E daje, va'. Magari stavolta un match lo vinci," rispose Alessandro, uno dei più accaniti giocatori di *Pes*.

Inforcammo i joypad, avviammo la consolle e lasciai che il ricordo di Peter Griffin evangelizzatore evaporasse nelle trame calcistiche di un Barcellona *vs* Manchester United che, mi accorsi poco dopo, giocai con più concentrazione e accanimento del solito.

Da quando avevo iniziato a percepire i pregiudizi diffusi nei confronti dei testimoni di Geova – fanatici, settari, austeri, quelli-che-andavano-a-citofonare-alla-gente-il-sabato-mattina-per-parlare-della-verità-sulla-fine-del-mondo – avevo imparato a convivere con piccole menzogne, vaghe omissioni, insabbiamenti, tentativi continui di virare argomento, tanti silenzi.

Un giorno mio padre mi disse che durante uno dei suoi turni di predicazione intendeva citofonare a casa di un mio amico per approfondire alcune tematiche spirituali con i suoi genitori. Io avevo quattordici anni e lui aveva iniziato a frequentare una nuova congregazione in via della Ferratella in Laterano, zona San Giovanni, proprio vicino a dove abitava Luca, che conoscevo fin dalle elementari. Almeno due weekend al mese mio padre andava in predicazione in quei quartieri; lui e i suoi fratelli bussavano a ogni civico presentandosi come custodi della verità di Geova ("Buongiorno signora, ha voglia di conoscere la parola di Dio?"). Tra le tante persone che li insultavano, che riagganciavano il citofono dopo pochi secondi o che si rifiutavano anche solo di starli ad ascoltare, c'era qualcuno che li faceva entrare. Come, forse, avrebbero fatto i genitori di Luca.

L'idea che quei due mondi potessero incontrarsi mi sembrò atroce. Quello della scuola, dei miei amici, delle persone a cui avevo tenuto nascosta la verità, e quello di Dio, dell'Armageddon, di mio padre testimone di Geova. Per la prima volta sentii che una parte di me, inesplorata e ancora inconsapevole, si vergognava tremendamente della religione di mio padre. Con un'esplosione di sconcerto gli intimai di non andare a bussare alla porta del mio amico.

"Non puoi andare," dissi.

"E perché?" mi chiese, intuendo, anche lui per la prima volta, che ai miei amici non avevo raccontato nulla della sua conversione. "Ti vergogni di me?" mi domandò in modo molto esplicito, quasi provocatorio.

Non avrei mai confessato a mio padre quel sentimento così meschino e deprecabile, non gli avrei mai voluto far percepire quella vergogna che avevo appena imparato a riconoscere.

"No, non è questo," gli dissi, ma non aggiunsi altro. Né lui insistette. Non ne parlammo più, in una sorta di tacito accordo. Lui, per quella volta, non avrebbe "invaso" la casa di Luca. Io avrei provato a lavorare a quel nodo di vergogna e disagio che mi portavo dentro.

Eppure, quando arrivai al liceo, non avevo fatto nessun passo in avanti rispetto a quel segreto.

Nel mio liceo, il più antico di Roma e un tempo principale centro culturale dei gesuiti, alla fine dell'anno si tenevano gli Oscar della Scuola: un evento attesissimo che, tra sfilate, stacchetti e votazioni, pareva mescolare i balli scolastici delle high school americane, un concorso di bellezza (con tanto di passerella) e una *ballroom*. Le categorie in cui si poteva essere candidati andavano dai contesissimi "miss/mister ginnasio/liceo" alla controversa "coppia dell'anno" fino ai vilipendiati "sfigato/a della scuola" e "*fly down*", una delle sezioni più temute, creata appositamente per dare in pasto ai leoni quelli che se la tiravano troppo. Per alcuni gli Oscar erano il momento di una consacrazione ansiosamente bramata fin da settembre, per altri l'occasione per essere umiliati di fronte a tutta la scuola – alle volte i candidati alle categorie più spiacevoli, pur di non sfilare esponendosi al pubblico ludibrio, preferivano rimanere a casa. Per quell'appuntamento, l'aula magna veniva allestita come fosse l'arena della puntata finale di *Amici*: decine di file di sedie, impianto luci da concerto, proiettore e telo bianco su cui riprodurre le foto dei candidati, una platea straripante ed eccitatissima che occupava ogni angolo dell'enorme sala assemblee prestata a studio televisivo e due presentatori accuratamente selezionati tra i più popolari della scuola. Se dovessi riassumere la mia adolescenza scolastica associandola a un incubo ricorrente, non avrei dubbi: l'immagine di me che sfilo sulla passerella degli Oscar come candidato forte della categoria "sfigati", in quanto figlio di un testimone di Geova: "Ed eccoci finalmente arrivati a uno dei momenti più attesi della serata, a una delle categorie che riesce sempre a tirar fuori il peggio del pubblico [risate sghignazzanti di sottofondo], una di quelle categorie che ogni anno ci consente di offrirvi uno spettacolo nuovo e inedito, qualcosa di sempre diverso: la categoria dei più sfigati! Quest'anno siamo lieti di presentarvi un esemplare mai visto prima nel nostro liceo, qualcosa che un tempo, tra queste mura pontificie, sarebbe stato considerato addirittura eretico. Perciò, caro pubblico, vi invitiamo a munirvi di piccoli crocifissi e trecce di aglio e fare un grandissimo applauso per un vostro collega studente nonché PICCOLO-TESTIMONE-DI-GEOVA. Accogliamolo come si deve. Eccolo con i suoi austeri pantaloni grigi, proprio come il suo Dio gli impone, le dita affusolate adatte a suonare i citofoni di tutti i quartieri e il passo lento di chi attende la fine del mondo con rassegnazione. Ma, attenzione, dalla regia mi dicono che c'è un fuoriprogamma incredibile, abbiamo qui con noi anche il padre del piccolo testimone di Geova: UN-TESTIMONE-DI-GEOVA-ADULTO. Non ci posso credere. Fatelo salire, vi prego. Saranno veramente loro, un giorno, a ridere di noi dall'alto dei cieli, forti della loro vita eterna, ignorando i nostri sguardi supplichevoli di dannati relegati negli inferi? Comunque vada direi che quest'anno abbiamo dei vincitori indiscussi. Fate un grandissimo applauso a questi irresistibili talebani di Gesù Cristo, enormi sfigati, e a questa edizione indimenticabile degli Oscar della Scuola!".

Per circa cinque anni, dagli otto ai tredici, avevo frequentato la congregazione dei Testimoni di Geova con un certa regolarità, arrivando a pregare prima di ogni pasto e prima di addormentarmi, ad assistere a un paio di adunanze al mese, a studiare settimanalmente le Sacre Scritture, a leggere ogni mattina qualche versetto della Bibbia, a vedere cassette e dvd che parlavano dei testimoni di Geova in modo chiaro e divulgativo e ad andare, raramente, in servizio con mio padre. Anche se non avevo mai davvero contemplato l'idea di battezzarmi, atto con il quale avrei dichiarato ufficialmente di voler servire Dio per sempre e di fare la sua volontà indipendentemente dalle circostanze, avevo finito per accogliere Geova nella mia vita. E, con un misto di compiacenza, influenzabilità e fascinazione, credere alla sua versione dei fatti. La possibilità di essere resuscitati dopo la morte, e di vivere in eterno, forse esisteva davvero. E mio padre sarebbe stato felicissimo di condividerla con me. Mia madre, invece, senza eccessivi allarmismi, mi guardava come un figlio scemo che attraversa una fase transitoria destinata a esaurirsi presto: "Contento tu, a me l'idea di vivere in eterno in un mondo popolato solo da testimoni di Geova pare un incubo".

Poi, con l'arrivo dell'adolescenza e l'inizio del liceo, qualcosa cambiò. Il sabato mattina, invece di dedicarlo allo studio del libro, cominciai a dormire fino a tardi, e la voce di mio padre che cercava di riscuotermi da quei sonni profondi divenne una costante: "Sveglia! Dobbiamo studiare il nuovo numero dello *Svegliatevi*". Alle adunanze infrasettimanali non potevo più partecipare a causa dei compiti o degli allenamenti di calcio, e per la prima volta potei negarmi a quei pallosi appuntamenti senza accampare scuse e infliggermi un senso di colpa lacerante. Nel fine settimana, quando finalmente godevo di un po' di tempo libero, preferivo chiudermi in qualche discoteca pomeridiana con gli amici invece di parcheggiarmi in una Sala del Regno per due ore. Nel complesso, mi allontanai dalla congregazione e dalla dedizione che richiedeva, continuando però a percepire saldo ed esclusivo il mio legame interiore con Geova. A considerarlo il Dio in cui credevo. A cui mi rivolgevo. A cui chiedevo aiuto. Con il quale, a modo mio, coltivavo una relazione intima. In sostanza cominciai a vivere la mia vicinanza ai testimoni di Geova con la stessa partecipazione e sensibilità che hanno tanti cattolici verso la loro religione: molto credente, poco praticante. Mio padre se ne rammaricava, ma di fronte alla mia inafferrabilità decise di fare leva sulla pazienza, la perseveranza e l'attesa. Mia madre, gongolando e con l'espressione di chi conosce bene le cose del mondo, pensava che di fronte agli ormoni, ai grugniti, alla pigrizia, alle distrazioni e all'umoralità tipici dell'adolescenza anche il grandissimo Geova Dio l'Onnipotente, fosse, tutto sommato, impotente.

Un sabato mattina in cui ero riuscito a non dormire dodici ore e a svegliarmi in tempo per provare a dedicarmi a uno studio del libro con mio padre, lui, forse convinto che fosse l'approccio giusto per sintonizzarsi sulle frequenze della mia pubertà, mi fece trovare un opuscolo dal titolo *I giovani chiedono*, il cui argomento, per quel numero, era: "La masturbazione è una cosa grave?". Trasalii, e mi agitai ancora di più quando capii che voleva farne l'oggetto dello studio: "È importante che parliamo di questo tema," mi disse.

Immagino fosse stato allertato dai tanti pomeriggi che trascorrevo chiuso in bagno in interminabili sessioni di fazzoletti arrotolati, pigiami macchiati, mutande subito gettate nel cesto della biancheria e sospettabili docce che si ripetevano più volte al giorno. In quel momento, considerando anche che molte delle donne a cui pensavo avevano le sembianze di Babilonia la Grande, mi sentii come Alex Portnoy nel romanzo Philip Roth: "Il Raskol'nikov delle pugnette". Pieno di senso di colpa e imbarazzo. Ero pronto a negare qualsiasi legame con le riviste di moda nascoste sotto al mio materasso le cui pagine, nel tempo, si erano raggrinzite e irrigidite come un cadavere per il ripetuto contatto con i miei liquidi più intimi. Avrei negato qualsiasi ambiguità nei soggiorni prolungati nell'unico bagno di casa che occupavo la mattina presto, la mattina tardi, nel primo pomeriggio, nel tardo pomeriggio, la sera e a volte anche la notte. Avrei negato ogni nesso tra le accuse che mi venivano rivolte e una bolletta del conto telefonico di Fastweb, relativa a uno dei primi servizi di film on demand, in cui risultava che era stato noleggiato quattro volte *Fermo posta Tinto Bras*.

Ci sedemmo sul divano con un respiro profondo prima di dedicarci a quel momento di approfondimento spirituale. Mi aspettavo che mio padre introducesse l'argomento con un suo sermone personale sulle impurità e i rischi dell'autoerotismo, invece si affidò alle parole dell'opuscolo:

"Mi chiedo se Dio condanni la masturbazione. Pregiudicherà la mia salute fisica e mentale e un mio eventuale matrimonio? Molti giovani sono tormentati da questi interrogativi".

Fece una breve pausa per testare la mia partecipazione e farmi capire che quanto stava per dire era di particolare serietà. Aveva inclinato di poco la testa e mi fissava con occhi leggermente sgranati, lo sguardo di chi vuole trasmettere di essere dalla parte giusta delle cose, e poi aveva ripreso a leggere:

"Mentre trasgressioni di natura sessuale come rapporti prematrimoniali (fornicazione), adulterio e bestialità sono chiaramente condannate nella Bibbia come peccati gravi, la masturbazione non è menzionata. Ma il fatto che la masturbazione non è direttamente condannata dalla Bibbia significa forse che sia innocua? *Assolutamente no!*".

Il sollievo per l'inattesa clemenza che la Bibbia sembrava avermi concesso era durato il tempo di un sospiro. Cosa sarebbe accaduto ora? Mio padre mi avrebbe chiesto esplicitamente conto dei miei peccati? Avrei dovuto giurare di non ripeterli mai più?

"Dio," tornò alla carica mio padre, "tuttavia si rende conto che non è facile attenersi alle proibizioni bibliche relative alla grave immoralità sessuale. Egli ti insegna per il tuo beneficio. I princìpi della sua Parola indicano che è per il tuo beneficio opporti energicamente a questa pratica impura."

Mentre lui leggeva, io mi immaginavo chiuso nel bagno

determinato a sbrigare esclusivamente le mie funzioni vescicali e intestinali e concentrato ad astenermi da tutto ciò che avesse a che fare con il godimento fisico.

Subito dopo mio padre prese la Bibbia, che fino a quel momento era rimasta tra noi sul divano, e iniziò a sfogliarne le delicatissime pagine in carta velina, fino a quando non trovò i passi che cercava:

"Perciò fate morire le vostre membra, che sono sulla Terra, rispetto a immoralità sessuale, impurità, passione sfrenata, desideri dannosi e avidità, che è idolatria. Colossesi capitolo 3, versetto 5. Ma la masturbazione non 'fa morire' questi desideri? Al contrario, spesso, per accrescere il piacere sessuale, si fantastica su cose immorali. Chi si trovasse nelle circostanze giuste potrebbe facilmente cadere nell'immoralità".

Ero annichilito. Riuscivo solo ad annuire ubbidiente, come se con quella passività volessi già manifestare un principio di pentimento e redenzione. Era Geova stesso che, attraverso mio padre, mi stava parlando. Come avrei potuto resistergli? Ignorare le parole della Bibbia e perseverare nel mio peccato? Ero pronto a tornare sui miei passi, pronto a far leva sull'amorevole benignità di Geova e a invocare il suo perdono, come mio padre mi stava offrendo di fare:

"Sebbene un peccato sia sempre un peccato, la Bibbia mostra che Dio è molto misericordioso e che ai suoi occhi le nostre trasgressioni hanno svariati gradi di gravità. Quando un cristiano cede e si masturba, il suo cuore spesso lo condanna. Tuttavia la Bibbia dice che Dio sa più del nostro cuore e conosce ogni cosa".

Con quell'invito al pentimento mio padre aveva concluso. Eravamo rimasti in silenzio per qualche secondo, il tempo di lasciar sedimentare quegli insegnamenti dentro di me. Ora sapevo cosa pensava Geova Dio della mia perversione. Ora sapevo qual era la strada che avrei dovuto percorrere. Mi sentivo nudo. Spiritualmente e carnalmente. Dopo ogni studio del libro io e mio papà chinavamo la testa e facevamo una preghiera per ringraziare Geova del magistero che ci aveva trasmesso. Chiusi gli occhi e abbassai il capo.

“Geova Dio, ti ringraziamo per averci fatto dono della tua parola anche oggi...” iniziò a mormorare mio padre.

Al termine della preghiera pronunciai “amen” scandendo bene le due sillabe, come se volessi dimostrare a Geova di aver imparato la lezione, come se volessi assicurarmi che quell’invocazione potesse arrivare in cielo con tutta la sollecitudine e la convinzione possibili.

Per poco più di due settimane resistetti alla forza calamitica del bagno, alle pagine con le modelle in costume del “Venerdì di Repubblica” e alla galleria di film erotici del nostro decoder. Poi, una sera, di fronte a uno scatto bollente di Monica Bellucci in topless su una rivista di gossip, cedetti all’immoralità sessuale infrangendo ogni proibizione biblica. Cedetti e chiesi perdono, e così nei giorni, nelle settimane e nei mesi successivi. Peccavo e mi pentivo. Godevo e mi struggevo. Trasgredivo e poi pregavo. Era come prendere tantissime multe e contestarle tutte per qualche cavillo legale o vizio di forma. Geova era il giudice di pace a cui facevo ricorso ogni volta che mi abbandonavo ai piaceri sessuali.

Non tornai più sulla questione con mio padre e preferii continuare a servirmi di un’interpretazione filologica della Bibbia, convinto che il mio Dio poteva capire meglio di chiunque altro l’impossibilità di vincere quella adolescenziale battaglia contro il più forte, irresistibile, subdolo e immorale dei desideri terreni. Compivo il delitto sperando che il castigo, potendo contare sullo sguardo clemente di Geova, non arrivasse mai.

"Davide."
"Dimmi."
"Posso farti una domanda?"
"Certo."
"Alla mia età come facevi a dormire con le ragazze?"
"In che senso?"
"Papà mi ha vietato di far dormire qualsiasi ragazza a casa."
"E perché?"
"Dice che Geova è contrario. Ha parlato di fornicazione e atti impuri."
"Io sono cresciuto con mia madre, non con papà."
"Sì, lo so."
"Vuoi sapere cosa farei al posto tuo?"
"Magari."
"Gli direi 'Ok, papà', e poi le farei dormire a casa di nascosto."
"Ma poi mi vede."
"Chi, ti vede?"
"..."
"Chi?"
"Geova."
"Ah. Andiamo bene..."
"Che c'è?"
"Non ho ancora capito se ci credi o non ci credi in Geova."

"Ci credo e non ci credo."
"Mmm."
"Ci credo, ma con riserva."
"Interessante."
"Diciamo che al momento non riesco a fare tutte le cose che dice la Bibbia."
"E meno male."
"Però a Geova ci credo abbastanza."
"E allora mi sa che con Chiara non ci puoi proprio dormire."
"Ma magari Geova può chiudere un occhio."
"E magari ti può pure aiutare a non essere scoperto da papà."
"Vabbè, ho capito."
"Io te l'ho detto quello che devi fare."
"E se mi scoprono?"
"Con papà ci parlo io. Con Geova forse è meglio di no."

La vergogna per i testimoni di Geova provata durante l'adolescenza ha per me il nome di una ragazza, Chiara, e di una città, Barcellona. Con Chiara ci eravamo messi insieme a sedici anni, e dopo poche settimane di frequentazione avevo capito di essere innamorato di lei. L'amore tuttavia non era bastato a rivelarle che mio padre era un testimone di Geova e così, quando l'avevo invitata a pranzo per presentarle i miei genitori, speravo che la verità non venisse fuori. Quel giorno, usciti da scuola, arrivammo a casa dei miei all'ora di pranzo. Il clima era di vivace curiosità. A tavola c'era una tovaglia bianca di un tessuto ricamato, i bicchieri sia per l'acqua che per il vino, tovaglioli colorati al posto dello Scottex e per l'occasione era venuto anche mio fratello Davide. Del menu, come succedeva spesso a casa nostra, si era occupato mio padre: "Se io mi sono rassegnata alla storia della vita eterna, lui ha dovuto accettare che sapessi cucinare soltanto minestrine," si schermiva mia madre quando le veniva fatto notare il suo scarso contributo in cucina.

I miei genitori accolsero Chiara con grande affetto e qualche domanda, e poco dopo ci sedemmo per mangiare. A metà del primo piatto, un po' per stemperare la formalità dell'occasione e un po' per prendermi in giro, Davide propose un brindisi a me e a Chiara. La cosa ci mise un po' in imbarazzo, ma alla fine brindammo; tutti tranne mio padre. Ero talmente abituato a quella sua astensione che non ci feci caso. Né nessun altro sentì il bisogno di giustificare il suo gesto. Il pranzo proseguì e nel giro di una quarantina di minuti avevamo finito. Caffè, frutta e poco dopo io, Chiara e Davide andammo in camera mia per chiacchierare tra di noi. E quando già pensavo che fosse andato tutto liscio – che il segreto che custodivo in me una volta ancora fosse salvo – Chiara, che stava dicendo quanto le fossero stati simpatici i miei genitori, mi chiese perché mio padre non avesse brindato con noi. Raggelai. Se n'era accorta, e aveva avuto il tatto di non dire nulla a tavola. Mentre pensavo a come depistare quel suo interrogativo, ci pensò Davide a rispondere:

"Perché è un testimone di Geova, no?".

Lei mi guardò, confusa e un po' stupita.

"Ah, e perché non me lo avevi detto?" mi domandò.

Non contento della pozza di imbarazzo in cui mi aveva fatto sprofondare, fu nuovamente Davide a replicare:

"Perché se ne vergogna. Perché sennò?".

Non dimenticherò mai la sfrontatezza e l'incoscienza con cui pronunciò quelle parole. Impallidii. Per un attimo mi fischiarono le orecchie. Guardai prima Chiara, che mi fissava in silenzio, e poi Davide e quel suo sorriso stampato sul volto, come fosse orgoglioso della spiegazione. Aprii appena la bocca, sul punto di ribattere, di fare una battuta per neutralizzare la sua sfacciataggine. Ma non riuscii a dirgli nulla. Nel suo tentativo di normalizzare la situazione e vincere ogni tabù, mio fratello mi aveva annientato. E senza neanche accorgersene. Mi sentii tradito, e lo odiai. Lui e il suo bisogno di ostentare disinvoltura. Risposi a Chiara che non ne avevo avuto modo, che mi era passato di mente, che stavo per farlo. Non ero credibile, ma le bastò. Mio fratello ci salutò e se ne andò, del tutto inconsapevole del piccolo shock che mi aveva causato. Chiara e io rimanemmo soli, e come spesso accade a chi sente parlare dei testimoni di Geova, ne volle sapere di più. In cosa credevano, com'era nata quella fede in mio padre, quanti erano. Fui sollevato nel poterne parlare con lei.

"Mi raccomando, però, non dire niente a nessuno," la pregai.

"Ok. Ma perché non vuoi che si sappia?"

"Per il momento preferisco così."

La vergogna era un sentimento che non ero pronto a dominare.

A Barcellona andò diversamente. Insieme ad altri tre amici comprai dei biglietti per un volo Ryanair. Uno di loro lavorava come cameriere in un pub e un suo collega ci aveva aiutato ad affittare la casa di un amico nella Barceloneta. Due camere con i letti a castello, un salottino minuscolo con le maioliche laccate di bianco che davano un aspetto gelido alla casa, un cucinino che usammo solo per preparare pasta al tonno in scatola e un bagno senza phon, che ci costringeva a uscire di casa con i capelli bagnati. Come per il biglietto aereo, l'avevamo pagata pochissimo.

Il primo giorno facemmo lunghe passeggiate sulla Rambla, pranzammo al mercato della Boqueria, visitammo alcune delle case di Gaudí e terminammo la serata in una discoteca sul lungomare. Andammo a dormire molto tardi e mi svegliai già in allerta. Quel giorno della vacanza coincideva con il 14 di nisan, e quindi con la Commemorazione della morte di Gesù.

Appena sbarcato in Spagna, mio padre aveva iniziato a tartassarmi con dei messaggi in cui mi chiedeva se sarei riuscito a raggiungere una delle Sale del Regno di Barcellona per partecipare alla *Conmemoración*: "Fammi sapere se ci andrai", "Ti mando l'indirizzo della Sala", "Ti do il numero di un fratello che conosco che vive in Spagna", "Ho controllato il tragitto, dal vostro quartiere dovresti prendere due autobus", "Sarebbe molto importante se ci andassi". Per mio padre l'adesione o meno a quella celebrazione avrebbe certificato lo stato di salute della mia fede in Geova. Invece di darmi da fare per riuscire nel proposito quasi impossibile di trovare dei biglietti per veder giocare Messi al Camp Nou, avrei dovuto mollare i miei amici e imbarcarmi sui mezzi pubblici per raggiungere la Sala del Regno più vicina, ovunque si trovasse, e assistere in terra catalana alla celebrazione della morte del più grande bomber spirituale che i testimoni di Geova – e non solo – avessero mai conosciuto e potessero sperare di avere tra le loro fila: *Jesús Cristo "el Hijo de Dios"*. E in effetti, essendo ancora molto lontano dall'aggirare il senso di colpa che mi causava l'idea di deludere mio padre e provando un certo bisogno di compiacenza anche verso Geova, è quello che finii per fare. Trascorsi tutta la mattina pensando a quale scusa rifilare ai miei compagni di viaggio per sganciarmi da loro senza destare sospetti e il risultato fu un alibi così traballante che fino all'ultimo fui incerto se utilizzarlo:

"Devo andare a trovare un'amica di mia madre. Una sua ex collega insegnante che si è trasferita qui da qualche anno".

I miei amici non mi chiesero un nome. Non mi chiesero un dettaglio. Nessuno di loro si stupì della mansuetudine con cui accettai di compiere quella visita privandomi di ore preziose della mia vacanza. Sembrava che Geova – come aveva fatto con Mosè permettendogli di dividere le acque per attraversare il mare con il suo popolo – fosse intervenuto sulle loro capacità cognitive per aiutarmi a portare a termine quella speciale missione.

Uscii di casa nel tardo pomeriggio, dicendo loro che ci saremmo ritrovati per l'ora di cena, e mi avviai alla fermata dell'autobus per iniziare il pellegrinaggio verso il *Salón del Reino de los Testigos de Jehová*: palazzi grigi, marciapiedi pieni di gente, un autobus sempre più vuoto, il cambio a una fermata con la pensilina e il conducente del bus che mi aiutò a scendere al momento giusto. Mio padre non mi aveva mandato il civico esatto e la via in cui avrei dovuto trovare la Sala era molto lunga. Camminai per qualche metro ma poi mi accorsi che ero in ritardo e decisi di chiedere indicazioni a un passante. Fermai la prima persona che mi capitò a tiro e feci ricorso a uno spagnolo balbettante e un po' precipitoso:

"*Disculpa, sabes dónde está Jehová?*".

"*Perdona?*" mi domandò l'uomo con occhi incerti e diffidenti.

"*Jehová, dónde está?*"

"*Jehová?*"

"*Jehová! Jehová!*"

"*No, no, no necesito a Jehová, gracias,*" replicò lui affrettando il passo e lasciandomi lì come un imbecille. Nonostante la mia faccia da adolescente, le Nike Air Max e i pantaloni Carhartt, ero stato appena scambiato per un testimone di Geova italiano che cercava di fare proseliti in trasferta nella periferia di Barcellona. Una specie di bagarino delle Sacre Scritture. Iniziai a percorrere l'intera strada sperando di trovare la Sala, che in effetti era alla fine della via, a un centinaio di metri da dove mi ero fermato.

La cerimonia era già iniziata. L'usciere all'ingresso, gentile e accogliente come tutti i testimoni di Geova che avevo incontrato in vita mia, mi fece accomodare insieme ad altre persone in una stanza separata dal resto della Sala, da cui, attraverso una grande lastra di plexiglas, si poteva assistere alla celebrazione. Era uno spazio destinato agli spettatori non testimoni di Geova. Fui tentato di dire loro che non era la prima volta che assistevo alla Commemorazione, che mio padre era un fratello italiano, che io stesso portavo ancora dentro di me il seme di quel Dio. Ma non lo feci, scoraggiato dalla barriera linguistica e dal ritardo con cui ero arrivato. Mi accomodai e, senza capire nulla, ascoltai in silenzio.

Se i miei amici se ne stavano svaccati in qualche *cervecería* a mangiare prosciutto e bere birra, io ero lì che attendevo di accogliere tra le braccia gli emblemi che rappresentavano l'essenza di Gesù: "Ti vieni a prendere una birra con noi? Mmm, no, grazie, per me menu a base di corpo di Cristo e un calice di rosso invecchiato duemila anni". L'unica cosa che avrebbe potuto vivacizzare quel momento sarebbe stata la comparsa di uno dei 144.000. Vederne due nel giro di pochi anni sarebbe stato come se l'Italia avesse vinto il Mondiale per due volte di fila. E invece non accadde nulla di simile. Nessuno bevve il vino e mangiò il pane, e con mio grande stupore e delusione a noi testimoni occasionali di quel rito non fu concesso di far transitare gli emblemi. In quanto spettatori impuri, non eravamo degni di aderire a quel momento di altissima spiritualità.

Alla fine della cerimonia mi alzai, uscii senza salutare nessuno e mandai un messaggio a mio padre: "Sono arrivato in ritardo, ma ce l'ho fatta. Non mi hanno fatto avvicinare al corpo di Cristo. Strano. Nessun eletto si è manifestato. Ciao". Mi rispose dopo pochi secondi: "Bene. Ogni Sala ha le sue regole. Gli eletti sono rari. Buona serata". Era soddisfatto. E io ero sollevato. Avevo compiuto il mio dovere. Ero stato un buon figlio e avevo rinsaldato il mio legame con Dio. Feci la strada al contrario, aspettai alla fermata, presi l'autobus e tornai verso il centro. Ritrovai i miei amici in un bar nei dintorni della Rambla. Simulai noia e indifferenza per l'incontro con l'amica di mia madre.

"Tutto tranquillo, alla fine mi ha fatto piacere vederla."

Fu un po' come dopo certi tradimenti, quando si vuole immediatamente chiamare la persona tradita per accertarsi che sta ancora lì, che non abbia scoperto nulla, che il mondo è ancora come lo si era lasciato. Ordinai una birra, mi sedetti al tavolo con loro e tornammo a parlare dei programmi per la serata. Non sospettavano niente. Non mi chiesero altro. Il mondo dei miei amici, realizzai con enorme sollievo, era ancora come lo avevo lasciato.

La cosa che invidiavo di più agli amici cresciuti con un'educazione cattolica erano i gioielli ricevuti in dono per la prima comunione e per la cresima. Mucchi di bracciali, collanine, anelli, orecchini, penne e monete rare a cui io, che non ero neanche stato battezzato, non avrei mai avuto accesso. Soltanto a mio fratello Alessio, per la sua laurea a pieni voti, era stata regalata una Montblanc a sfera di un certo valore, ma considerato che io avevo iniziato il liceo da poco, e con pessimi risultati, l'eventualità di ottenerne una mi sembrava remota.

Se ai testimoni di Geova la Bibbia intimava morigeratezza, sobrietà, rigore, il cattolicesimo, attraverso quella pratica di elargizione di oggetti costosi, si presentava come un sistema pieno di fasto e ostentazione, che fin da subito invitava i suoi giovani fedeli all'accumulo e al possesso. Con un padre che non festeggiava neanche il compleanno e il Natale, e che esercitava una forma di aperta resistenza al consumismo, quel sistema, almeno nella sua declinazione materialista, mi sembrava stupendo. Ero convinto che quel piccolo patrimonio di preziosità scintillanti potesse garantire l'esaudimento di qualsiasi desiderio e trasformarsi nel lasciapassare per una forma di libertà che mi sembrava preclusa. Una privazione di cui, un pomeriggio dopo scuola, colsi la potenza andando a casa di Claudio, un amico che frequentava il mio stesso liceo ma in una classe diversa.

Eravamo nella sua stanza, una sorta di bunker al piano seminterrato, seduti davanti alla tv uno accanto all'altro, con lui che giocava a *GTA V* mentre io lo guardavo. E intanto lo ascoltavo sfogarsi contro i suoi genitori. Era furioso perché gli avevano già detto che non intendevano comprargli la Playstation 3 appena fosse uscita. Preferivano aspettare dei mesi, o anche un anno, in attesa che il prezzo si abbassasse. E l'idea di non essere aggiornato in fatto di consolle lo faceva rosicare. Con gli occhi puntati sullo schermo, il joypad ben saldo tra le mani e la mascella contratta per quello che gli pareva un sopruso insopportabile, all'improvviso si bloccò in preda a un'epifania eccezionale, come se il cielo si fosse squarciato e un angelo di Dio fosse sceso in Terra a visitarlo. Si voltò e piazzò i suoi occhi dentro ai miei:

"Ho avuto un'idea".

"Quale?"

"Lo sai che faccio se non mi comprano la Play?"

"Che fai?"

"Mi vendo il lingotto d'oro che m'ha regalato mio nonno per la comunione."

Poi mollò la postazione videogiochi, uscì dalla stanza e

corse verso la camera dei suoi genitori, chiedendomi di seguirlo. Si fermò davanti a una cassettiera di mogano massiccia e scura, alta quasi come noi. Aprì il terzo cassetto, frugò per un po' dalla parte destra, il braccio ficcato dentro, ed estrasse una scatola rossa a forma di libro, ma più rigida e con un doppiofondo. Ci spostammo sul letto dei suoi, con lo scrigno posizionato tra me e lui. Quando lo aprì, la prima cosa che mi venne in mente furono i forzieri dei tesori dei pirati che avevo visto in tanti film, traboccanti di dobloni, gemme, perle, pietre e ogni tipo di ornamento prezioso. L'unica persona che avevo visto indossare una tale quantità di gioielleria era Babilonia la Grande, nelle pagine del libro giallo che mio padre mi aveva dato tanti anni prima. Quel pensiero mi causò una fitta di malinconico affetto. Poi Claudio iniziò a frugare avidamente tra tutti quegli oggetti, fino a estrarre quello che si presentava come un piccolo monolite d'oro.

"Eccolo qua."

Era leggermente più piccolo di una scheda telefonica, e su una delle superfici vi era inciso il nome "Claudio" e la data della sua comunione, sotto alla quale si leggeva "20 gr".

"Venti grammi d'oro. Voglio vedere se con questo non mi compro la Play. Sono almeno cinquecento euro."

Me lo porse. Lucido, scintillante, immacolato, come fosse appena uscito dalla fonderia, mi ricordava il vitello d'oro che il popolo di Mosè aveva eretto a propria divinità. Per me, fin da piccolo, l'oro era associato al peccato, alla cupidigia, a sentimenti di natura satanica. E, invece, nel rigirarmi quel lingottino tra le mani, pensai che avesse una sua sensualità. E lo desiderai. Così come desiderai di poter fare anch'io la comunione, la cresima e quanto fosse necessario a ricoprirmi di un tale assortimento di gioielli. Tutte le ore che avevo destinato alle adunanze, alle preghiere, allo studio del libro non mi erano valse nemmeno un pulciosissimo spillo di bigiotteria, e mi sembrò un'ingiustizia.

"Ridammelo, che tra poco rientrano i miei. Ma se mi fanno incazzare la svuoto, questa scatola."

Riposi il lingotto nel contenitore, e Claudio lo chiuse e

lo infilò nel cassetto. Invece di entrare di nuovo nella sua stanza gli dissi che dovevo tornare a casa, e senza troppe spiegazioni me ne andai. La vista di quel forziere mi aveva rattristato. Sapevo di non essere l'unico tra i miei amici o compagni di classe a non aver celebrato quel sacramento cattolico, ma era una constatazione inutile, vana, insufficiente a non farmi sentire defraudato, privato di qualcosa che in altre circostanze mi sarebbe spettato. Ce l'avevo con Geova, e con mio padre. E con quella religione che, fino a quel momento, mi aveva destinato a una vita di privazioni e castigatezza.

La fine del mondo, durante la mia adolescenza, si fece più imminente che mai. Sembrava questione di giorni, di ore addirittura. Alle volte era così vicina che pareva che da un momento all'altro dovessimo correre a preparare il bagaglio a mano e imbarcarci per un viaggio con destinazione Paradiso. "Voi andate, che io vi raggiungo," faceva mia madre quando mio papà, ascoltando le notizie particolarmente drammatiche di un tg, sospirava dicendo qualcosa come "Eccoci" o "Ci siamo". Gli anni tra il 2001 e il 2003, con il G8 di Genova, gli attentati dell'11 Settembre, la guerra in Iraq, erano stati forse tra i più papabili per l'arrivo dell'ora X. "Vi rendete conto di cosa significa tutto questo, sì?" ci domandava mio padre mentre cenavamo ascoltando la tv di sottofondo. "Ci conviene correre a fare il check in on-line per il Giardino dell'Eden," rispondeva mia madre rivolgendosi a me e fingendosi preoccupata, come se mio padre non fosse lì davanti a noi. Io, al solito, osservavo, riflettevo e chiedevo a mio padre quali tracce profetiche si potessero riscontrare nella Bibbia rispetto a quegli avvenimenti tragici. Le risposte erano che Gesù aveva già predetto tutto, in passi come "Nazione combatterà contro nazione e regno contro regno" (Matteo 24:7), e che Geova avrebbe presto portato la pace eterna, "Dio porrà fine alle guerre in tutto il mondo" (Salmo 46:9). La vaghezza di quelle repliche faceva sbroccare mia madre, e anche io finivo per avere qualche dubbio. Possibile che gli appelli tanto declamati sulla fine del mondo, che le Sacre Scritture definivano la "grande tribolazione", fossero in quei versetti così fumosi e incerti? "Non c'è niente di incerto", teneva il punto mio padre, "i segnali sono evidenti e si tratta solo di saperli interpretare correttamente." "Va bene, ok, è tutto un grande disegno che si sta per compiere," replicava mia madre con gli occhi incollati alla tv. "Ora però fate silenzio che inizia *Un posto al sole.*"

Dopo i primi anni Duemila, e complice l'inizio del liceo, l'imminenza dell'Armageddon diventò direttamente proporzionale alla distanza che avevo preso da mio padre, le adunanze e Geova. Più ero assente ed evasivo, e più la fine del mondo rischiava di abbattersi su di me quando meno me l'aspettavo. "Papà, domenica non riesco a venire alla Sala, ho troppo da studiare", "Va bene, ok. Ma ricordati che non c'è più molto tempo. La volontà di Dio si sta per compiere, e dovrebbe essere quella l'unica materia a cui prestare attenzione". "Papà, sabato mattina ho una partita di calcio, dobbiamo rimandare il nostro studio del libro", "Capisco. Rifletti solo sul fatto che nel nuovo sistema di cose, imminente, avrai tutto il tempo per giocare a pallone. Qui, nel mondo pagano, il tempo è sempre meno". La morte veniva usata come strumento ricattatorio per riavvicinarmi a Geova, un po' come in certe relazioni tossiche un partner minaccia l'altro di uccidersi se non si rimetteranno insieme: "Se non torni a frequentare la Sala faccio una pazzia: invoco l'Armageddon!".

Nel descrivere l'Apocalisse, la Bibbia parla di grandine, terremoti, piogge torrenziali, fuoco, zolfo, fulmini, malattie tutte cose verosimili e poco avveniristiche –, ma prospetta anche uno scenario che richiamava le epiche battaglie di *Star Wars* tra il lato chiaro e quello oscuro della forza: lo scontro finale tra i governi umani e Dio. Di fronte a questa prospettiva sia catastrofica sia catartica, in cui il sole si sarebbe eclissato e la luna non avrebbe dato più la sua luce, ero diffidente e possibilista allo stesso tempo. Ne ero persuaso e respinto insieme. Ma l'idea che le profezie bibliche potessero compiersi di lì a poco non mi convinceva, e così cominciai a interrogare mio padre sull'argomento ogni volta che veniva fuori il tema della fine dei tempi. Una materia che poteva dividerci, avvicinarci, rendermi diffidente a seconda delle conversazioni e delle risposte che mi dava.

"Papà, come sarà l'Armageddon?"
"Una cosa incredibile."
"Ci saranno carestie e tsunami?"
"Forse."
"Ma non moriranno tante persone?"
"È per questo che con i fratelli vado a suonare ai citofoni della gente: la avvisiamo dell'imminente fine del mondo."
"Ma se magari suonate al citofono di qualcuno tutte le volte in cui è uscito e non riuscite a trasmettergli il messaggio di Geova?"
"Dio saprà cosa fare."
"E quanto manca all'Armageddon?"
"Manca poco. Pochissimo."
"Lo dici ogni volta."
"Questa volta è vero."
"Imminente?"
"Imminente."
"Ma è sempre imminente!"
"Manca veramente poco."
"E dopo come sarà?"
"Dopo ci sarà il nuovo sistema di cose."
"E i testimoni di Geova vivranno in eterno?"
"Sì."
"E io e mamma?"
"Dipende da voi. La Verità la conoscete."

“Siamo ancora in tempo per guadagnarci la vita eterna?”
“Manca poco, però sì.”
“Anche se questo sabato non vengo all’adunanza?”
“Cosa devi fare?”
“Mamma mi ha chiesto di andare a teatro con lei.”
“Fa’ come credi.”
“Ma non puoi comunque mettere una buona parola con Geova per noi?”
“Non dire cavolate.”
“Ti prometto che la prossima settimana verrò in Sala.”
“Voglio vedere.”
“Sempre che l’Armageddon non arrivi prima.”

Se devo dirla tutta, l'adolescenza fu il periodo in cui mi sentii in assoluto più vicino a Geova. Come se, nonostante il mio pigro assenteismo, la nostra fosse una relazione elettiva, intima e piena di comprensione reciproca. Una specie di alleanza inossidabile, che si esprimeva attraverso le preghiere. *Geova, non giudicarmi se domenica non vengo in Sala, ma ho rimediato i biglietti per lo stadio e farò tardi. Perdonami. So che lo farai. Nel nome di Gesù. Amen.*

Tra i tredici e diciassette anni arrivai a pregare con una tale frequenza che l'invocazione a Dio diventò una sorta di riflesso incondizionato di fronte alle situazioni più tristi, pericolose e angoscianti. Ogni volta che qualcosa mi stava per sfuggire di mano ricorrevo a quello che pensavo fosse un rapporto privilegiato con il Signore dei Cieli. Un legame che si attivava automaticamente quando nella mia testa formulavo l'incipit che apriva ogni mia preghiera: *Geova Dio, ti prego di...* Come una sorta di bottone d'emergenza.

A quattordici anni, a poche settimane dall'inizio del quarto ginnasio, mi ritrovai a fare a botte per la prima volta. Era iniziato tutto durante la ricreazione, mentre camminavo per il corridoio cercando i miei amici. Li avevo trovati sulle scale che discutevano con un ragazzo particolarmente irascibile e particolarmente minaccioso. Sosteneva che uno dei miei amici gli aveva dato una spallata camminando e che adesso doveva chiedergli scusa. Ma l'altro non ne aveva nessuna intenzione. Fu a quel punto che intervenni io, con un'incoscienza che non mi era mai appartenuta, e gli dissi di smetterla di rompere i coglioni e di levarsi dalle palle. Prevedibilmente quell'intimazione non funzionò e io e il tizio ci demmo appuntamento all'uscita di scuola per regolare i conti. Anche se nutrivo la speranza che quella lite si sarebbe risolta come avveniva alle medie o addirittura alle elementari, vale a dire con spinte, graffi, qualche debole schiaffo e con una professoressa o un compagno di classe che intervenivano a sedare la rissa, sentivo anche che stavolta sarebbe andata diversamente. Così trascorsi le ore che mi separavano dal suono della campanella pregando Geova di venire in mio soccorso: *Geova Dio, ti prego di aiutarmi a comportarmi in modo adeguato. Non ho mai fatto a botte con nessuno. Aiutami a non avere troppa paura. Aiutami a non farmi troppo male. Fa' che i pugni non siano sul viso, soprattutto sul naso. Fa' che non ci sia tutta la scuola ad assistere. Geova Dio, ti prego solennemente, fa' che possa finire tutto in fretta. Aiutami, aiutami, aiutami. Nel nome di Gesù, amen.*

All'uscita da scuola trovai quasi tutto il liceo riunito, la notizia si era sparsa tra le classi e tutti volevano godersi lo spettacolo. Coetanei, studenti più grandi, ragazzi e ragazze che di lì a poco avrebbero costituito il tribunale della mia reputazione sociale. Io e il mio avversario fummo scortati verso un vicolo poco distante – il vicolo in cui si fumavano le canne, si pomiciava, ci si nascondeva dopo aver fatto sega e si svolgeva buona parte delle risse. Fortunatamente, essendo una viuzza molto stretta e molto appartata, lo show era destinato a pochi intimi. *Grazie, Geova Dio, almeno non mi vedranno in tanti.* Senza troppi convenevoli io e il tizio ci posizionammo uno di fronte all'altro, in una fase interlocutoria che, ripensandoci oggi, avrebbe ancora potuto risolversi in una ragionevole conciliazione. Lui continuava a dire che il mio amico, e adesso anche io, avremmo dovuto chiedergli scusa per il duplice affronto. Ma per la seconda volta, come se ormai fossi costretto a interpretare quella parte, sentii la mia bocca rivolgersi malamente al mio antagonista: "Col cazzo".

Non ebbi neanche il tempo di godermi l'effetto di quell'enfatica risposta che percepii due colpi rapidissimi schiantarsi contro il mio viso e mi ritrovai a terra con il naso sanguinante e un occhio pulsante. *Ti prego, Geova, fa' che il naso non sia rotto e che siano solo i miei capillari fragili.* La colluttazione venne interrotta da alcuni dei presenti, probabilmente impressionati dai pugni che avevo ricevuto. Poi ci furono ancora qualche spinta, forse uno schiaffo da parte mia, e qualche colpo per tentare di riaprire il match ai punti. Ma il verdetto, sancito dal mio naso sanguinante, fu abbastanza unanime. Le avevo prese.

Eppure, il mio naso era salvo. Geova, ne ero certo, mi aveva ascoltato. Con moderazione, ma era intervenuto. *Grazie, Geova Dio, per avermi aiutato a prenderle con dignità.* Non furono dello stesso avviso i miei famigliari.

"Te le hanno suonate, eh," commentarono i miei fratelli in coro, quel giorno a pranzo da noi.

"Cos'hai fatto per meritartele?" mi chiese mio padre, per nulla intenerito dai miei acciacchi.

Mia madre, invece, dopo avermi dato del ghiaccio ed essersi fatta raccontare quello che era successo, chiese a mio papà:

"È così che ci protegge il tuo Dio?".

"Il mio Dio condanna le scazzottate."

Ma io mi ero sentito ascoltato e tutelato da Geova. Quando poi venni a sapere che a scuola si era sparsa la voce che, nonostante fossi uscito ammaccato da quella scazzottata, avevo comunque avuto il coraggio di andare nel vicolo e affrontare il mio contendente a viso aperto, la vergogna che sottotraccia provavo per il Dio di mio padre per un attimo lasciò spazio a un incontenibile orgoglio.

Ma ci furono anche quelle volte in cui Geova non mi diede udienza. Come nell'estate del secondo liceo, a giugno, quando aspettavo con logorante angoscia l'uscita dei risultati scolastici. Sapevo di rischiare seriamente la bocciatura. Era stato un anno sciagurato, pieno di assenze ingiustificate, note sul registro e l'inizio della relazione con Chiara, che mi aveva portato via parecchi pomeriggi di studio. Quell'estate, nel limbo tra la fine della scuola e l'affissione dei quadri, pregai Geova incessantemente, come non avevo mai fatto, come si potrebbe fare di fronte a un evento catastrofico che sta per travolgerci. Dentro di me generavo invocazioni una dopo l'altra, come gli ebrei ortodossi davanti al Muro del Pianto, in una litania circolare che non finiva mai: *Ti prego Geova aiutami, ti prego Geova aiutami, ti prego Geova aiutami, ti prego Geova aiutami, ti prego Geova non mi abbandonare, non ho mai avuto così tanto bisogno di te, fallo almeno per i miei genitori, mia madre è una professoressa, non potrebbe accettare una bocciatura, credimi Geova, posso imparare dai miei errori, ti prego Geova aiutami, aiutami ti prego, se mi bocciano la mia vita finisce, sarò un fallimento assoluto, un anno in più di liceo non passerà mai, ti prego Geova aiutami, so di essere stato presuntuoso, superficiale, pigro, ma so di potermi riscattare, il prossimo anno cercherò di prendere un voto altissimo alla maturità, sarò l'orgoglio dei miei genitori, e il tuo, dammi una seconda possibilità, ti prego Geova aiutami, ti prego aiutami, nel nome di Gesù, amen.*

La mia ipocrisia poggiava su un senso di elezione filiale, sulla convinzione che Geova mi avrebbe sempre bonariamente perdonato tutto. Mi comportavo come la versione scapestrata di Gesù Cristo: se lui si era sacrificato per riscattare il genere umano agli occhi di suo padre, io chiedevo a suo padre di chiudere gli occhi davanti ai miei peccati.

Dopo una ventina di giorni dalla fine dell'anno scolastico, una mattina in cui alle dieci ero ancora a letto, mio padre, con la freddezza chirurgica di un dottore che deve comunicare una diagnosi preoccupante al paziente, entrò nella mia stanza per dar vita a una delle conversazioni più dolorose e indimenticabili che abbia mai avuto.

"Paolo," mi convocò da sotto al soppalco, senza che potessi vederlo.

"Che c'è, papà?" risposi ancora assonnato.

"Ti hanno bocciato," sentenziò catapultandomi sotto a una doccia gelata.

Quella mattina la segreteria della scuola gli aveva fatto sapere che ero stato l'unico della mia classe a perdere l'anno. Agli scrutini non c'era stato margine di trattativa. Il mio destino era segnato da settimane. Il silenzio che seguì quella notizia fu devastante. Ero attonito. Spezzato. Era un silenzio carico della delusione di entrambi. Chissà se in quell'istante mio padre si era sentito in dovere di chiedere perdono a Geova per qualche incomprensibile falla nell'educazione che mi aveva dato. Io dedicai al mio Dio solo poche parole: *Me lo merito, Geova*, ricordandomi dell'umiltà e della sottomissione di Giobbe e autoflagellandomi per tutti i compiti in classe di Chimica e Storia dell'arte che avevo saltato. *Me lo merito, e accetto il tuo disegno.* Per ragioni diverse, sia io che mio padre ci stavamo prostrando dinanzi a Geova mediante la preghiera, in una specie di sessione di psicoterapia telepatica con Geova Dio.

Poco dopo scesi dal soppalco come uno zombie e guardai mio padre, dietro i cui occhi mi sembrava di vedere quelli misericordiosi di Dio. Non era arrabbiato. Anche lui da ragazzo era stato bocciato. E, forse, quella battuta d'arresto in qualche modo ci univa ancora di più.

"Andiamo a fare colazione fuori?" mi chiese.

"Sì," risposi, e poco dopo uscimmo di casa.

Quella mattina chiesi a Geova ancora un'ultima cosa: *Fa' che mia madre non soffra, fa' che non si vergogni troppo. Fallo per lei, ti prego, Geova, non per me. Aiutala. Confortala. Falle capire che non è stata colpa sua. Nel nome di Gesù, amen.*

"Sei un idiota," fu la prima cosa che mi disse mia madre quando venne a sapere della bocciatura. "Un figlio bocciato, a me che boccio gli altri! "

Non c'era risentimento nelle sue parole. Era delusa: il primo a soffrire ero io e lei lo sapeva benissimo. Ci guardammo negli occhi alla ricerca di un gesto o una battuta per stemperare quel clima lugubre.

"Certo, se fossi andato a qualche adunanza in più magari Geova ti avrebbe tolto il debito in matematica."

"Magari sì. Ma ne sarebbero comunque rimasti altri sei."

Sorridemmo. Poi ci abbracciammo e rimanemmo in silenzio per un po', stavolta senza riempire i nostri pensieri con alcuna preghiera.

L'anno successivo, però, non mi andò così bene. Avevo diciotto anni, avevo appena iniziato il secondo liceo da ripetente e Geova non mi diede neanche il tempo di invocarlo, come lo sciagurato che viene stecchito da un fulmine. Stavo con Chiara da quasi due anni, e pochi giorni dopo sarebbe stato il nostro anniversario. Ci eravamo visti da me per mangiare, a casa c'erano anche i miei genitori ed era stato un pranzo come tanti: racconti sulla scuola, aggiornamenti reciproci, un clima cordiale e rilassato. Ricordo ancora la tovaglia bianca piena di chiazze di cibo.

Dopo aver sparecchiato Chiara e io ci eravamo diretti in camera mia. Lei mi disse che doveva andare in bagno e che quando fosse tornata avrebbe voluto parlarmi. Me lo aveva detto con un'espressione imperscrutabile, così avevo pensato che volesse parlare del nostro anniversario, propormi qualcosa per celebrare i ventiquattro mesi insieme. Mi ero tolto le scarpe, ero salito sul soppalco e l'avevo aspettata lì. Dopo qualche minuto era tornata, si era tolta le scarpe anche lei e si era seduta sul letto davanti a me.

"Allora, che c'è? Non possiamo parlarne dopo?" le avevo chiesto, smanioso di infilarmi sotto le coperte. Neanche di fronte ai suoi occhi lucidi incastrati dentro ai miei, avevo iniziato a sospettare qualcosa.

"Allora? Dai, dimmi che c'è."

Così, davanti alla mia ottusa insistenza, alla mia miope inconsapevolezza, Chiara era sbottata:

"Paolo, mi dispiace... non mi sento più innamorata di te".

Oh no, no, no, no, che succede? Geova, dove sei? Che agguato mi hai teso?

"In che senso non ti senti più innamorata?"

"Nel senso che sento di aver bisogno di fare nuove esperienze."

Il mondo che fino ad allora sentivo di dominare si era sbriciolato sotto ai miei piedi. Non c'erano più il letto, il soppalco, l'anno scolastico da recuperare. Non c'era più Chiara. C'era solo un abisso di incertezza e confusione. E un Dio che mi sembrava non essere più dalla mia parte. *Geova, non puoi farmi questo. Geova, ho bisogno di te.*

"Mi dispiace, Paolo, ma la nostra storia è finita."

Aiuto, Geova. Mi sento svenire. Geova, Geova, Geova. Non respiro.

Chiara e Geova mi stavano dicendo la stessa cosa. Era finita. Da quel momento in poi me la sarei dovuta cavare da solo. Non potevo più contare sulle mie preghiere estemporanee come delle SOS Ricariche. Provai a convincere Chiara dell'errore che stava commettendo, del legame che ancora ci univa, della persona migliore che sarei potuto diventare. Tutto inutile. Sapeva che era una decisione dolorosa, mi disse, ma ormai aveva fatto la sua scelta. Geova, attraverso la mia neo-ex ragazza, mi stava forse mettendo alla prova? Un po' come per Abramo quando Dio gli aveva chiesto di sacrificare Isacco sul monte del paese di Moriah. Non capivo quello che mi stava accadendo, ma dovevo accettarlo. *Geova, accetto la prova*, avrei voluto riferire al mio Dio con grande maturità, ma ero talmente frastornato che non mi uscì una parola. Osservai Chiara scendere dal soppalco, indossare le scarpe e infilare le sue cose nello zaino. Se avessi avuto un unico desiderio da chiedere a Geova nella vita, una richiesta che avrebbe esaudito all'istante, lo avrei implorato di far cambiare idea a Chiara e far tornare le cose come prima. Chiara mi diede un abbraccio lungo e sincero, e subito dopo un bacio sulla guancia. Ci svincolammo da quella presa, poi la vidi sfilare davanti a me e uscire dalla stanza. L'ultima cosa a cui pensai prima di sentire il tonfo della porta d'ingresso che si chiudeva furono "le nuove esperienze" che Chiara voleva fare. *Cosa sono, Geova, queste nuove esperienze?* Anche se le preghiere non fossero state dei monologhi interiori senza possibilità di replica, temo che in quel caso Geova avrebbe preferito non rispondermi. La Bibbia, di certo, condannava l'autolesionismo.

Chiusi la porta della mia camera, serrai le persiane della finestra, salii le scalette del soppalco e mi infilai nel letto cercando il tepore e il conforto del piumone. Il mio lutto iniziava così, con gli occhi sbarrati rivolti al soffitto e una voce impallata che brancolava nel buio: *Geova, Geova, Geova, Geova, Geova...*

Quell'estate, dopo la promozione, e come per espiare un'antica colpa, il primo viaggio che feci fu con mia madre. Andammo in Puglia, a Gallipoli, dove da tanti anni i miei genitori avevano una casa. Avrei raggiunto i miei amici più tardi, fermandomi con lei soltanto qualche giorno. Mia madre, da professoressa del liceo, iniziava le vacanze estive a fine giugno e ogni anno, appena poteva, partiva per il Salento. Fino ai quindici anni andavo con lei e ci trasferivamo lì per quasi due mesi, mentre mio padre ci raggiungeva a luglio inoltrato. Soprattutto quando ero più piccolo, io e mia madre vivevamo allora in uno stato quasi simbiotico: colazione al bar la mattina con i pasticciotti alla crema, panini all'olio all'alimentari, pranzo al mare, ritorno a casa, riposino fino al primo pomeriggio, risveglio pigro e intorpidito, due o tre ore separati in cui andavo a giocare con i ragazzi della città vecchia, cena fuori e cinema, passeggiata sul corso o sessione di letture serali di *Piccoli Brividi*, *Topolino* o i primissimi romanzi classici. Era l'unico momento in cui mi separavo completamente da Geova, dai sensi di colpa verso mio padre, dalla vergogna, e da un universo regolato da punizioni divine e profezie apocalittiche, in una specie di periodo di disintossicazione da Dio e dalle pratiche che pretendeva.

Quando mia madre ripensava a quelle estati in Puglia, spesso cedeva alla sua natura più malinconica e mi citava i versi di una poesia di Valentino Zeichen, *A Evelina, mia ma-*

dre: *Dove saranno finiti / la veduta marina, / il secchiello e la paletta, / e i granelli di sabbia/che l'istantaneo prodigio / tramutò in attimi fuggenti.*

Arrivati in Puglia da un paio di giorni, con mia madre eravamo andati alla Purità, la piccola spiaggia pubblica sotto ai bastioni della città vecchia. Eravamo scesi presto e avevamo scelto con cura un posto all'ombra in cui trascorrere le ore che ci separavano dal pranzo. Mentre lei leggeva il giornale seduta su un pareo, io, in acqua, camminavo tra gli scogli per provare a raggiungere una roccia più alta dalla quale tuffarmi. Mi stavo spostando da un sasso all'altro con le infradito umide quando a un certo punto il laccio di gomma tra l'alluce e il medio si ruppe e franai verso il basso con il piede grattando lo stinco destro su uno scoglio. Mi provocai un graffio profondo. Talmente profondo da riuscire a vedere il biancore scintillante dell'osso. Fu un attimo. La violenza dell'urto, lo shock e il dolore del taglio diedero forma, come un riflesso incondizionato, alla prima bestemmia della mia vita. Fu un impeto incontenibile. Vibrante. Mi uscì dalla bocca con la violenza di uno sputo. *Oddio, Geova, cosa ho fatto...* Non ebbi neanche il coraggio di chiedere perdono, tanto ero costernato. Rimasi senza fiato. Non per il male, ma per la trasgressione appena commessa. La Purità, con la sua sabbia fine e la sua acqua cristallina, mi aveva reso impuro. Provai una vergogna devastante.

Mi avviai zoppicando verso mia madre per confidarle quello che mi era appena capitato. Davanti alla mia faccia sconvolta dal dolore e trasfigurata dal senso di colpa si ridestò immediatamente.

"Cos'è successo?" mi chiese preoccupata, ma quando le raccontai l'accaduto, soffermandomi soprattutto sullo sgomento per l'ingiuria formulata, sembrò quasi infastidita:

"Una bestemmia in diciott'anni non mi sembra un gran peccato".

Quando le persone intorno a me imprecavano, e io, per mimesi, ero sul punto di pronunciare un'empietà simile, mi rifugiavo in riduzioni tollerabili quali *porco due*, *porco zio*, *porco cane*, che mi avevano sempre consentito di schivare il rischio di un temibilissimo processo divino. Ma quella volta no. Quella volta mi ero sentito come il pupazzo di un ventriloquo che non sa quello che dice. Come fossi posseduto da Satana il Diavolo: come lui mi ero ribellato all'Altissimo fuggendo via dal Paradiso. Avevo capitolato. Bestemmiando, mi ero ribellato a Geova Dio. E, di conseguenza, a mio papà. Il tutto potendo contare sull'assoluzione e sul conforto di mia madre. Gallipoli era stata lo scenario di un perfetto dramma edipico. E la Purità, con la sua forma semicircolare, era stata il suo teatro ideale.

Pensavo a Geova senza avere il coraggio di invocarlo. Il dispositivo delle preghiere si era inceppato. Disinfettai la ferita con un po' di acqua di mare, la bendammo con il pareo e mi avviai a testa bassa e in silenzio verso casa con mia madre.

A mio padre, che sarebbe arrivato qualche giorno dopo, non avremmo mai raccontato nulla.

La grande tribolazione

"Father, you left me / But I never left you.
I needed you / You didn't need me."

John Lennon, *Mother*

Mi iscrissi a Lettere, iniziai a lavorare per una rivista a distribuzione gratuita, diedi i primi esami con pessimi risultati e quelli successivi con voti migliori, mi appassionai alle materie che modulo dopo modulo mi ritrovavo a studiare – riscattando quel senso di fallimento che persisteva in me dopo la bocciatura –, presi a leggere compulsivamente pacchi di libri e lasciai che il mio rapporto con Geova, in questa nuova postura verso la vita, rimanesse nelle retrovie, come si fa con qualcuno a cui si fa visita con riluttanza, rare volte, perlopiù per senso del dovere o per fedeltà a un ormai sbiadito legame. Continuavo a credere in Geova, era ancora il creatore del mondo in cui vivevo e l'artefice di quello che sarebbe stato l'epilogo del genere umano, ma nel frattempo, in attesa di segnali più convincenti dell'imminente Armageddon, avevo deciso di prendermi un periodo sabbatico e dedicarmi esclusivamente agli aspetti più terreni dell'esistenza. Finché, una sera, questo imperturbabile allontanamento non venne scosso da un'email di mio padre:

"Ciao Paolo,

ho l'impressione che sia sempre più difficile parlare tranquillamente di persona, e allora torno al passato, usando un mezzo attuale come le email, come si faceva una volta quando si voleva parlare di emozioni forti che non si sarebbe stati capaci di affrontare in presenza.

Come avrai intuito, vorrei parlarti della Verità. Quella che io considero la Verità. Ormai sei grande, sei un uomo, sei il responsabile delle tue scelte e decisioni. Il tempo è passato, ma gli avvenimenti previsti nella Bibbia sono andati avanti, e ora siamo vicini ai grandi cambiamenti predetti. Immagina la mia trepidazione. Vedere avvicinarsi l'intervento di Geova e vedere i miei figli ignorarlo. Fra poco inizieranno tempi difficili, come non si sono verificati mai e mai più si verificheranno. Quando la grande tribolazione inizierà, non si potrà più cambiare idea. È il tempo di decidere, ed è una decisione che può significare vita. Vita eterna. Lo so che confrontare queste parole con l'aria del mondo le fa sembrare irreali. Ma spesso la realtà sfugge allo sguardo egoista degli uomini.

Ti voglio bene. Ti voglio tanto bene. E vorrei che ti mettessi a esaminare le profezie bibliche con la serietà di cui sei capace. Confidando in quel Geova Dio che da piccoletto, quando ti eri perso in un bosco in Salento, invocasti per avere aiuto. Sono pronto a fare qualsiasi cosa tu mi chieda.

Ora ti abbraccio e ti bacio,
Papà".

Lessi una prima volta l'email sul cellulare, di fretta, nel ristorante in cui ero a cena con amici, all'inizio pensando si trattasse di una qualche catena di Sant'Antonio che mio padre mi aveva inoltrato – l'oggetto recitava soltanto "lettera" – e poi una seconda volta a casa, di notte, sul pc, parola dopo parola, stupito innanzitutto che mio papà avesse sentito il bisogno di scrivermi una lettera per comunicare con me. Me lo vidi limare quel testo come fosse l'epistola più importante della sua vita. Come se lo stesso Geova avesse potuto correggerne le bozze. Da quella email dipendeva il suo ruolo di messaggero divino. Ero contrariato dal fatto che una volta ancora menzionasse la grande tribolazione e i tempi maturi. Ormai ero scettico anche rispetto all'imminenza dell'Armageddon. Ma ero anche molto impressionato dall'amore che aveva riversato in quello scritto. *Ti voglio bene. Ti voglio molto bene. Sono pronto a fare qualsiasi cosa tu mi chieda.* Assomigliava al grido disperato di un padre che contempla la possibilità di perdere il figlio. Le incalzanti profezie della Bibbia lo avevano portato a manifestare apertamente un affetto che non era mai riuscito a esprimere con decisione.

Eppure non riuscivo a immaginare una risposta a quella email che non lo ferisse, non lo scontentasse. Non avevo nessuna voglia di compiacerlo. Perciò feci la cosa più codarda. Non feci niente. Mi limitai a dirgli, in una chiacchierata di qualche giorno dopo, che avrei voluto parlarne, riprendere il discorso, riflettere con lui. Mi negai, e nell'immediato non gli concessi di poterne *parlare tranquillamente di persona.*

"Mamma?"
"Dimmi."
"Come sta papà?"
"Perché me lo chiedi?"
"Qualche giorno fa mi ha scritto una lettera."
"E?"
"E mi è sembrato più preoccupato del solito sulla fine del mondo."
"Ne ha scritta una anche ai tuoi fratelli e a tua sorella."
"Ah."
"Eh."
"E che gli ha scritto?"
"A te che ha scritto?"
"Che devo studiare la Bibbia con attenzione, che è arrivato il tempo di decidere."
"Ha scritto cose simili anche a loro."
"Ma ci dobbiamo preoccupare?"
"Per la fine del mondo?"
"Ma no. Per il fatto che sia così angosciato."
"Non lo è sempre stato?"
"Ma stavolta di più."
"Stavolta è più vecchio, e voi state crescendo."
"E a te?"
"Cosa?"
"A te ha scritto una lettera?"

“Ci manca solo che mi scriva una lettera per parlarmi di Geova.”

“In effetti.”

“Cosa gli hai risposto?”

“Non gli ho risposto.”

“Dovresti.”

“Non so cosa dirgli.”

“Qualsiasi cosa, ma non lasciarlo appeso.”

“Mamma?”

“Dimmi.”

“È la prima volta che mi inviti a confrontarmi con lui su Geova.”

“Sei sicuro?”

“Sono sicuro.”

“Si vede che sto invecchiando anch’io.”

Ma prima che trovassi il tempo di scrivergli, quel confronto si svolse a parole. Eravamo in macchina verso Arce, il paese in provincia di Frosinone in cui i miei avevano una casa. Era uno di quei tragitti i cui silenzi sapevo sarebbero stati riempiti dai discorsi religiosi di mio padre; tentativi di sondare i residui spirituali della mia fede. Di solito iniziavano con degli esplorativi "Allora, come va? Ci pensi a Geova ogni tanto?", oppure "Lo vedi come sta cambiando il mondo?", o anche "Non è rimasto più tanto tempo, te ne rendi conto?".

Era sera, il cielo era grigio come il cemento del viadotto che stavamo percorrendo ed eravamo immersi nella nebbia. Fuori dal finestrino riuscivo solo a intravedere le case e le montagne filare via.

"Sai," esordì con la stessa voce con cui avrebbe potuto analizzare una partita di calcio, "sto tentando in tutti i modi di portare te e tua madre sulla strada della Verità. Ma non ci sto riuscendo. E purtroppo, come puoi immaginare, la fine è vicina."

Pausa breve.

"L'idea di non avervi con me, nel nuovo sistema di cose, quando verrò resuscitato, mi annienta, ma è un'idea con la quale devo iniziare a fare i conti."

Altra pausa breve, che riempii domandandogli: "E come pensi di poterlo fare?".

Attimi di silenzio, e poi la sua risposta:

"Rassegnandomi all'evidenza che nel nuovo mondo tu non sarai mio figlio, e tua madre non sarà mia moglie. Sarò solo, con una nuova moglie e dei nuovi figli. Vi amo, ma so che non vivremo insieme in eterno. E perciò mi sento costretto a distaccarmi da voi in questa vita".

Disse ogni cosa con la freddezza di chi deve portare a termine una missione per conto di qualcun altro. Come un sicario o un kamikaze. Disse ogni cosa senza accorgersi – o ignorandolo deliberatamente – di spezzare il mio cuore. Mio padre mi aveva appena confessato che la vita eterna che un giorno avrebbe ottenuto contava più della vita transitoria che stava vivendo. E che i figli che un giorno avrebbe avuto, con una donna la cui identità era solo una proiezione vaga e imponderabile, contavano più di me. Non riuscii a dirgli quanto quelle parole brutali mi avessero ferito. Quanto il costringermi a immaginare un altro me ma in versione immortale, una sorta di avatar meritevole del suo amore autentico, fosse stato crudele. Mi sentii come se mio padre mi stesse disconoscendo. Avrei voluto parlarne con mia madre, vittima come me dell'oblio e del distaccamento del marito, sperando che il suo sarcasmo mi aiutasse a vedere quella circostanza con altri occhi. Ma mia madre era lontana, e noi due avevamo più di un'ora di viaggio davanti a noi.

Per il resto del tragitto rimasi in silenzio. Né mio padre aggiunse molto, forse alleggerito di aver finalmente consegnato quella missiva tanto scomoda e feroce. Aspettammo solo di arrivare a destinazione, scortati da un cielo che si era improvvisamente rasserenato.

Qualche settimana dopo, come a addolcire l'amarezza di quella conversazione e il rancore che mi provocava, arrivò Giulia. La conobbi alle lezioni di Letteratura italiana, nell'aula magna dell'università. Avevamo un amico in comune e dopo un po' ci ritrovammo a prendere appunti insieme agli ultimi banchi. Fu grazie a lei che riuscii, lentamente, ad appassionarmi all'*Orlando furioso*, ai cicli medievali dell'Ariosto, ai poemi rinascimentali, alla *Gerusalemme liberata*, ai testi letterari del Quattrocento e del Cinquecento.

Ascoltava le spiegazioni del professore con gli occhi verdi, sfumati di blu, che le brillavano di uno speciale infervoramento e di un certo distacco, come se quelle parole fossero al tempo stesso una materia estremamente interessante e qualcosa verso cui rimanere diffidenti. Quell'ardore sospettoso andò a segno. I nostri incontri si infittirono durante le sessioni di ripasso nella biblioteca della facoltà di Lettere, di solito seduti a uno dei tavoli nascosti dietro agli scaffali di letteratura lusitana; finché un giorno, rimasti entrambi fino a tardi, non decidemmo di andarci a bere una birra insieme, fissando, senza ancora saperlo, quello che sarebbe stato il nostro primo appuntamento.

Ci incamminammo fino a San Lorenzo e ci sedemmo ai tavolini di uno dei bar più frequentati dagli studenti e dagli abitanti del quartiere. Ordinammo due Peroni e, abbandonate per un attimo le dispense di letteratura che fino a quel momento avevano rappresentato il principale oggetto delle nostre conversazioni, iniziammo a parlare di noi. E a sottoporci alle reciproche valutazioni. Scoprimmo così che entrambe le nostre madri insegnavano al liceo, la sua Matematica e Fisica ("Non sai quanti suoi ex studenti ho incontrato in facoltà," mi disse), che io adoravo i libri di Niccolò Ammaniti e lei non li aveva ancora letti ("regalamene uno allora"), che amava le poesie di Antonella Anedda mentre io non sapevo neanche chi fosse ("È grave"), che aveva una pessima opinione del liceo classico del centro di Roma che avevo frequentato ("Quelli della tua scuola li consideravamo dei babbei privilegiati") e che, se io avevo una madre atea, un padre testimone di Geova e da piccolo avevo fatto parte della sua comunità religiosa, lei aveva un padre ateo, una madre ebrea e fin da piccola era stata cresciuta con un'educazione e una cultura ebraiche.

"Non l'avevo mai confessato a nessuno," le dissi.

"Cosa?"
"Che mio padre fosse un testimone di Geova."
"Davvero?"
"La ragazza con cui stavo prima lo sapeva, ma non ero stato io a dirglielo."
A Giulia avevo raccontato di Geova, di mio padre, delle adunanze, come se non ci fosse più nulla di cui vergognarsi. O come se, una volta prese le distanze da Geova, fosse più facile parlarne. Ne fui meravigliato, e mi sentii contento. Fu un assaggio di libertà inatteso.
"E per te, come è stato?" le chiesi.
"Cosa?"
"Il rapporto con la tua religione."
"Normale. Bello. Ma non la chiamerei una religione. Più un'identità."
"E non te ne sei mai vergognata?"
"Figurati."
"Beata."
In quel momento mi sembrava più matura di me di dieci anni.
"Comunque non so nulla sui testimoni di Geova," replicò. "Mi piacerebbe conoscere tuo padre."
E così fu. Dopo quella sera, terminata con un bacio davanti al mio motorino poco prima di salutarci, iniziammo a vederci, fuori dall'università, sempre più spesso. L'accompagnavo alle lezioni, la riportavo a casa, sceglievamo insieme le biblioteche in cui studiare, ci scambiavamo gli schemi delle varie materie, selezionavamo i film da vedere ("Un amico di mio fratello è lo sceneggiatore di *20 sigarette*, andiamo?" feci io), i dvd da comprare ("C'è un banco a Porta Portese che ha tutti i titoli di Nanni Moretti a tre euro"), i libri da leggere ("Procurati *Il tempo materiale*," fu lei a suggerirmi). Fino al giorno in cui la invitai a pranzo a casa per conoscere i miei genitori.

Era inverno, in febbraio, e dopo poco più di un anno dal pomeriggio in cui Chiara mi aveva lasciato, presentavo ai miei un'altra ragazza. Avevo anticipato loro diverse cose su

Giulia, tra cui il fatto che fosse ebrea, particolare che aveva immediatamente intercettato l'attenzione di mio padre: "Interessante, avremo di che confrontarci".

Quando, con i suoi capelli lisci castani, la corporatura media, le Dr. Martens nere e un blazer grigio chiaro spigato, Giulia varcò la soglia del nostro appartamento, in salotto c'erano i miei genitori in piedi ad accoglierla. La tavola era già stata apparecchiata e mio padre, a voler subito esplicitare che sapeva molto delle radici di Giulia, e per manifestarle una certa deferenza, come prima cosa le disse:

"Abbiamo fatto attenzione a non cucinare nulla che contenesse maiale".

Giulia arrossì, quasi sentendosi in colpa, e io e mia madre ci guardammo interdetti.

"Ma se hai cucinato gli avanzi di ieri," lo incalzò mia madre.

Ci sedemmo al tavolo, e dopo i convenevoli e un bicchiere di vino bianco, con la mia mano che stringeva quella di Giulia sotto la tovaglia, prendemmo a conversare più agilmente. Mia madre chiese a Giulia dove insegnasse la sua, e per qualche minuto parlarono di supplenze, trienni, esami di maturità. Nel frattempo mio padre, poco loquace, andava e veniva dalla cucina, serviva le nuove portate e ritirava le stoviglie sporche. Sembrava in attesa del momento giusto per intervenire. E, difatti, dopo aver portato in tavola un'insalata con il radicchio, le pere e l'uvetta che aveva a tutti gli effetti l'aspetto di un cibo già servito il giorno prima, si sedette, guardò Giulia dritto negli occhi:

"Non so se Paolo ti ha raccontato qualcosa della mia religione".

Trasalii. Mia mamma sbuffò. Giulia sembrò divertita.

"Mi ha detto qualcosa, sì."

Benedissi quel nostro primo appuntamento.

"Be', allora saprai del sentimento di fratellanza che, fino a Gesù, ci lega agli ebrei."

"In che senso fino a Gesù?"

Fissai mia madre e lei fissò me. Eravamo diventati gli involontari testimoni di un corpo a corpo teologico.

"Gesù era ebreo, e il suo essere 'il Messia' era previsto dai profeti e da quasi tutte le scritture ebraiche."

"Ok." Giulia annuiva, attendista, invitando mio padre a procedere.

"Perciò il popolo ebreo era stato scelto da Geova per essere una sua speciale proprietà, perché da esso sarebbe venuto il suo unto, il Cristo."

"*Speciale proprietà...*"

"Esatto. Per occuparsi di Gesù, il cui sacrificio sarebbe stato necessario a ristabilire la via per la vita eterna sulla Terra."

Avevo già visto mio padre esaltarsi nell'esercizio dell'indottrinamento religioso, ma quel giorno mi sembrava un televenditore infervorato.

"Ecco perché il nostro rapporto col popolo ebraico è di un sentimento fraterno... fino a Gesù."

Un silenzio solenne riempì il salotto. Neanche mia mamma, sempre abile a sciogliere la tensione, disse nulla. Forse era indecisa tra l'ironia e la disperazione. Da parte mia propendevo per la seconda.

"Perciò, c'è una sorta di gemellaggio tra ebrei e testimoni di Geova?"

Fu Giulia, sorprendentemente, a rompere il ghiaccio. Mio padre ci pensò un po' su e poi parve d'accordo con quella conclusione.

"Esatto. Come tra molte squadre di calcio."

"Mi piace."

Cercai di nuovo la mano di Giulia, e la strinsi in un atto di riconoscenza infinita. Quel primo, e al momento unico, round lo aveva disputato con una pazienza cristiana. E tutti ne erano usciti illesi. O così sembrava. Perché subito dopo, come posseduto da uno spiritello provocatore e da un orgoglio verso l'intero popolo di Geova di cui in quel momento si sentiva portavoce, mio padre precisò:

"Poi, la considerazione verso gli ebrei, è la stessa che abbiamo verso le altre confessioni: hanno anche loro un modo autoreferenziale di adorare Dio. Mentre noi adoriamo Geova come lui dice di voler essere adorato".

"E niente, è più forte di lui," mormorò mia madre alzandosi da tavola.

Mi alzai anche io.

"Si è fatto tardi, dobbiamo tornare all'università," dissi guardando Giulia e le indicai la porta di casa con un cenno insistito della testa.

Ma lei manifestava serenità e un certo sollazzo, come se mio padre non fosse altro che un essere umano bizzarro da studiare con più attenzione.

"Non rimanete neanche per un caffè?" fece lui, gli occhi sgranati, la bocca aperta e un'espressione da finto cane bastonato.

"Dobbiamo proprio andare," rincarai io.

Giulia mi assecondò, avvicinandosi prima a mia madre e poi a mio padre per salutarli.

"Grazie del pranzo, è stato... *fraterno.*"

Vidi un lampo di approvazione e simpatia illuminare gli occhi di mia madre. E un sorriso attraversare il volto di mio padre. Poi uscimmo, scendemmo le scale e ci ritrovammo in strada.

"Be', adesso l'hai conosciuto."

"Simpatici, questi testimoni di Geova."

"Trovi?"

"Almeno fino a Gesù."

Tra gli esami di quel periodo temevo soprattutto Storia moderna e Storia contemporanea, che andavano sostenuti in due moduli simultanei. In totale ventiquattro crediti formativi. Un macigno, per me che non avevo metodo e costanza nello studio. Centinaia di pagine zeppe di date, nomi, località. Per fissare meglio i concetti più salienti dei due manuali marcai con un evidenziatore arancione i passaggi chiave di ogni capitolo.

"Che oscenità," fece mia madre quando si accorse che non avevo usato la matita. "Non credo di averti mai insegnato una cosa simile."

"Mi serve per imparare meglio certi argomenti."

"Ah sì, e funziona?"

"Per ora sì."

"Allora dimmi la data della Rivoluzione russa."

"1919."

"Somaro. Inizia nel 1917."

La mattina dell'appello eravamo decine, stipati in uno dei corridoi della facoltà di Lettere e filosofia della Sapienza, alcuni svaccati su panche di legno, altri seduti a terra, i meno fortunati in piedi. Io ero tra quelli. Giulia passò a salutarmi e poi se ne andò. Le due docenti ci comunicarono che avrebbero chiamato in ordine alfabetico, perciò sarei stato uno degli ultimi della giornata. Un'attesa di ore. Che avrei sfruttato per ripassare. Cominciò il viavai di studenti dalla stanza dell'esame. Promosso con 28. Bocciato. Promosso con 26. Bocciato. Bocciato. Promosso con 22. Ogni studente veniva meticolosamente esaminato: domande ricevute, umore delle prof, eventuali idiosincrasie che potevano mettere a repentaglio la prova. Io ero sicuro che sarei stato bocciato.

Il mio turno arrivò nel tardo pomeriggio, quando il corridoio si era quasi svuotato e nell'edificio aleggiava un'aria desolata da fine turno di lavoro. Mancava soltanto una studentessa prima di me quando mi accorsi di un sottile flusso di sangue che mi colava dal naso. Come tanti anni prima, durante la scazzottata nel vicolo dietro la scuola, i miei capillari fragili mi stavano tradendo. Corsi in bagno con la testa rovesciata all'indietro e le narici strette in una mano. Mi passai dell'acqua fredda sul collo, la fronte e i polsi. Dopo qualche minuto, il flusso si era arrestato e, con un pezzetto di carta igienica nel naso, ero pronto a sostenere l'esame. Tornato in corridoio mi affacciai nel loro studio per segnalarmi.

"Venga, venga."

Il cuore pulsava come un tamburo forsennato e temevo che da un momento all'altro potessi riprendere a zampillare sangue. Vidi schizzi rossi sui registri, sui manuali, sulla camicia bianca che avevo messo in ossequio a quell'occasione formale, un po' come facevo da piccolo quando partecipavo alla Commemorazione dei testimoni di Geova. Feci un respiro profondo e mi sedetti di fronte alla professoressa di Storia moderna che, per fortuna, aveva uno sguardo bonario.

"Un suo collega ci ha detto del piccolo incidente che ha avuto. Le capita spesso?"

"Come? Ah, ogni tanto. Soprattutto quando sono agitato."

Il volto della professoressa si distese in un'espressione ancora più tenera.

"Facciamo così: iniziamo con un argomento a piacere."

E lì, come una scintilla che appare e scompare in un millesimo di secondo, pensai: *Geova, sei forse tu che mi stai aiutando? È il sangue di Cristo quello che mi hai trasferito? Lo stesso che tante volte ho visto circolare durante le Commemorazioni?*

Ero stupefatto.

"Mi piacerebbe parlarle della Rivoluzione russa del 1917," dissi allora, sentendomi quasi colpevole.

"Cominci pure."

Presi a raccontare di Lenin, Trotskij, della Repubblica Socialista Federativa Sovietica Russa, esponendo tutto con esattezza e una certa esaltazione; discutemmo dell'Armata Rossa, dell'Armata Bianca e di altre questioni che gravitavano intorno allo stesso, originario, argomento. La professoressa di Storia moderna mi diede 30 e lode e mi presentò con quel voto alla collega di Storia contemporanea. Con lei non ci furono domande a piacere, ma ormai l'esame era in discesa e mi confermò la lode. Quando uscii non c'era più nessuno nel corridoio. Davanti a me soltanto muri ricolmi di bacheche, fogli con avvisi per i ricevimenti dei docenti e locandine di convegni accademici. Ero stato davvero l'ultimo della giornata. Provai una gioia nuova, non senza sentirmi un impostore. Mi avessero interrogato su tanti altri argomenti, sarei risultato impreparato.

Lasciando la città universitaria in motorino, presi a canticchiare nella testa *trenta e lode, trenta e lode, trenta e lode* e quasi subito mi venne da associare quelle parole a un inno biblico che tante volte mi era capitato di ascoltare e intonare nelle Sale del Regno. Un cantico che avrei per sempre accostato a quell'inatteso, impagabile primo riconoscimento accademico: *Lode a Geova, nostro Dio.*

Pochi mesi dopo quell'esame fortunato mia madre andò in pensione e i miei, per contenere le spese, si trasferirono nella loro casa ad Arce. Mio padre avrebbe trovato una nuova congregazione di testimoni di Geova e avrebbe potuto gestire anche da lì i pochi cantieri che ancora seguiva a Roma. Mia madre si sarebbe finalmente dedicata alla lettura di tutti quei libri che non aveva avuto ancora il tempo di leggere e avrebbe continuato a esercitare la sua conoscenza di latinista dando ripetizioni agli studenti del circondario, in particolare a quelli di Arpino, città natale di Cicerone e sede di uno dei licei classici più prestigiosi del Lazio. Io e i miei fratelli saremmo andati a trovarli nei fine settimana e li avremmo ospitati a Roma tutte le volte che ne avessero avuto voglia.

Quella nuova distanza, nonostante i tentativi di colmarla, produsse dei silenzi. Soprattutto con mio padre. Dopo la conversazione in macchina gli avevo chiesto esplicitamente una pausa di riflessione dalla religione. Quel confronto mi aveva turbato e, tutte le volte che pensavo a Geova, lo ritenevo responsabile dell'usurpamento dell'amore paterno che mi sarebbe spettato. Così avevo invitato mio padre a non chiedermi più di andare con lui alle adunanze, a non fare più lo studio del libro insieme, a non fornirmi più libri e opuscoli biblici e a lasciarmi libero di fare la mia personale, e pagana, esperienza del mondo. A malincuore, fu costretto ad accettare.

Scarnificati dall'elemento della fede religiosa, i nostri scambi finirono per concentrarsi su un altro tipo di fede, quella per l'AS Roma: tanto la sua ostinata cocciutaggine sulle questioni divine aveva iniziato ad allontanarci, quanto la nostra comune passione per il calcio e il tifo romanista continuava a unirci.

Una sera io, lui, Davide e Alessio andammo allo stadio Olimpico a vedere una partita di Champions. Eravamo seduti in Tribuna Tevere, uno accanto all'altro. La Roma, in svantaggio di un gol, stava cercando disperatamente di pareggiare e insieme ad altri 60.000 spettatori incitavamo la squadra con cori, urla e applausi. Dopo numerose azioni pericolose, contropiedi, calci di punizione e una pressione offensiva che durava da diversi minuti, la Roma segnò. Si levò un boato impressionante. Io e i miei fratelli scattammo in piedi e ci avviluppammo in un abbraccio al cui centro, come fosse stato l'autore del goal, c'era mio padre. Per alcuni secondi rimanemmo così, lasciando che l'amore che provavamo per la Roma si riversasse su di noi. Poco dopo, quando tornò la calma tra gli spalti, mio padre ci guardò con grande serietà e disse con gli occhi lucidi:

"È tutto bellissimo, ma anche faticoso. Mi potrebbe scoppiare il cuore da un momento all'altro".

Mi accorsi delle piccole macchie sparse sulla pelle e dei capelli incanutiti, lo vidi invecchiato. E vulnerabile. Gli strinsi la mano poggiandola sulla sua coscia, e in quell'istante fu come se la sofferenza che mi aveva causato qualche settimana prima fosse evaporata.

Qualche tempo dopo, io, mio padre e Alessio eravamo a Rocca di Mezzo, in Abruzzo, nella casa che mio fratello affittava ogni anno per la stagione sciistica. Avevamo cenato in un pub e insieme ad altri romani in trasferta stavamo guardando Juventus-Roma. Una sfida aspra e combattuta. Sotto di un goal e a pochi minuti dalla fine della partita, stavamo vivendo quei secondi con immensa concentrazione, quasi rassegnati a un'altra sconfitta della Roma in trasferta allo Stadium di Torino. Sprofondato in una specie di disperato stato di trance, mi ritrovai, per un antico riflesso che tardavo a smaltire, a sperare che Geova concedesse alla Roma il gol del pareggio. In realtà, in quell'occasione, non mi rivolsi nemmeno a Geova, ma a una indefinita entità divina che speravo fosse disponibile all'ascolto in quel momento: *Ti prego, fa' che la Roma segni l'1-1, è giusto così, è più armonico, saremmo tutti più felici, sarebbe l'epilogo perfetto.* Non stavo soltanto chiedendo di esaudire un mio desiderio; volevo che quel Dio condividesse la mia visione del mondo e dell'universo, in quel caso condensata in una partita di calcio Buoni contro Cattivi. Il pareggio della Roma, secondo la mia lettura della realtà, avrebbe consegnato all'umanità un universo più giusto, più solidale, più equo. Il pareggio della Roma, in qualche modo, avrebbe testimoniato l'esistenza di un Dio misericordioso, equilibrato e caritatevole. Un Dio pronto a scendere in Terra per aiutare De Rossi, Nainggolan e Džeko a conquistare almeno un punto.

Ma così non fu. Al '93 Patrick Schick sprecò un'occasione clamorosa e io, dopo aver imprecato violentemente contro il giocatore, mi sentii un enorme coglione per aver tirato in ballo Dio e l'entropia universale per una partita di calcio. Nel momento esatto in cui il tiro sfilò a lato della porta, urtai lo sgabello su cui era seduto mio padre e lui, cadendo, a sua volta franò su mio fratello, e in pochi secondi ci ritrovammo tutti e tre sul pavimento del pub. La Roma aveva perso. Dio non mi aveva ascoltato. E noi eravamo spalmati a terra con il resto dei clienti che ci guardavano allibiti. Con le mani sopra al pavimento unto di birra e neve sciolta, capii che quel senso di elezione e di connessione esclusiva, che per tanti anni mi ero convinto di avere con Geova, stava svanendo. Quel privilegio, adesso, era riservato soltanto a mio padre, nonostante fosse anche lui riverso a terra nel sudiciume del locale. Io, senza più un Dio a vegliare su di me e con un padre che, non solo si preparava all'Armageddon, ma stava lentamente invecchiando, ormai ero solo.

"Papà, ma se Geova li vedesse giocare così male non ne sarebbe schifato?"

"Lascia stare Geova. Sono vergognosi."

"Ma dici che quest'anno ci aiuta a vincere un trofeo?"

"Ma chi?"

"Geova."

"..."

"Papà?"

"Devo veramente risponderti?"

"Ma non ti è mai capitato, per un riflesso incontrollabile, di chiedere aiuto a Geova per una partita di calcio?"

"No. Proprio no."

"Perché a me ogni tanto è capitato."

"Non credo ti abbia ascoltato. E anche se la Roma ha vinto, non credo sia dipeso da lui. Magari il calcio gli piace, ma la competizione un po' meno."

"Ma non gli hai mai chiesto aiuto per cose futili?"

"Ogni tanto sì. Per esempio: 'Aiutami a trovare un documento', che alla fine ho trovato."

"Ah, non pensavo..."

"A volte mi sento confuso e mentalmente chiedo aiuto, così quanto meno mi calmo e sono più lucido."

"Allora i calciatori della Roma dovrebbero pregare Geova, per essere calmi e più lucidi."

"E più freddi sotto porta."

"Papà?"
"Eh."
"Ti giuro che se la Roma vince lo scudetto mi battezzo."
"Non giurare."
"Perché?"
"Perché se a gennaio compriamo una punta paghi pegno."

Da quando i miei avevano lasciato Roma, molte delle nostre comunicazioni si svolgevano soprattutto su WhatsApp. Chattavo con mia madre, con mio padre e a volte con entrambi in un gruppo che comprendeva tutti e tre. Avevo iniziato a collaborare con una piccola casa editrice indipendente come redattore esterno e spesso mia madre mi chiedeva se potessi farle avere una copia di un libro di cui aveva letto una recensione su qualche inserto culturale del fine settimana: "L'ultimo di Amélie Nothomb lo pubblicate voi?". Alle volte mi scriveva degli epigrafici "Come stai?", "Che si dice a Roma?", "Buongiorno!", dietro ai quali coglievo i primi segnali di una noia che aveva cominciato a diffondersi nelle giornate dei miei genitori. Di fronte a quella versione svigorita di mia mamma, sgusciavo via rispondendo evasivo ai suoi solleciti: "Tutto bene, un abbraccio!", "Ti farò avere il libro", "Buongiorno a te, mamma". Lontana dai figli, da molti dei suoi amici, incapace di crearsi una rete di studenti a cui dare ripetizioni a causa di una pudica resistenza nel chiedere loro dei soldi o nell'autopromuoversi, mia madre – persa nella provincia – aveva iniziato ad appassire. Mio padre, dal canto suo, rassicurato dalla prospettiva di una vita eterna in cui avrebbe potuto riscattare qualsiasi frustrazione o noia terrena, si teneva impegnato dipingendo, cucinando, rimanendo informatissimo sulla Roma e frequentando almeno due volte a settimana la nuova comunità religiosa. Nonostante gli avessi chiesto di placare i suoi inviti a riavvicinarmi ai testimoni di Geova, approfittava di molti dei nostri scambi di messaggi su WhatsApp per dirottare le conversazioni verso interpretazioni bibliche della realtà ed esortazioni a riflettere sulla Verità:

Io

Ciao papà, ti penso. Mamma mi ha detto che hai qualche acciacco in questo periodo. Appena ti riprendi facciamo delle cose insieme. Ti voglio bene, notte.

Papà

Grazie delle belle parole. La cosa che vorrei fare con te, lo sai, è avvicinarci insieme al nostro Dio Geova. I tempi sono maturi e mi piacerebbe parlare di Lui col cuore aperto e la mente lucida, per vedere quella che tutti negano ma che con sempre più evidenza è la realtà.

Io

Ciao papà, stasera con Alessandro e Claudio partiamo per la Cappadocia. Dopo Göreme, proseguiamo per Efeso e poi verso Assos.

Papà

Sicuramente non avrai una Bibbia con te, ma se ce l'hai leggi nel libro degli Atti quando Paolo sta a Efeso.

Altrimenti ti mando io i passi esatti. Fammi sapere. Saluti anche ad Alessandro e Claudio.

Io

Ciao papà, come state tu e mamma?

Papà

Stiamo bene, stiamo andando al mercatino di Sora. Hai letto le Sacre Scritture di oggi? Ti mando il link per email.

Io

Ciao papà, ieri ho cenato con Alessio e Davide: è stata una bella serata. Da un po' di tempo mi faccio mille domande sul futuro: cosa voglio essere, cosa voglio fare. Tu come stai?

Papà

Bella domanda, cosa voglio essere. Me la feci anche io tanti anni fa. E mentre ci riflettevo, scoprii la Bibbia. Una conoscenza sconvolgente. Parlava di una società fondata sull'amore e sulla verità. E di una vita senza morte sulla Terra. Cosa volevo essere? Uno che realizza se stesso in questo sistema fingendo di credere di poterlo cambiare o vedere l'evidenza di una realtà universale che mi forniva le risposte che avevo sempre cercato? L'esito lo conosci, e ne sono ancora profondamente convinto.

Papà

Buongiorno Paolo, ecco l'invito alla Commemorazione di quest'anno. Se vuoi collegarti da casa, chiedimi le credenziali che te le invio. Come avrai notato i tempi sono sempre più difficili e ormai manca veramente poco. È ora di cercare Geova con tutte le nostre forze.

Io

Grazie papà, ti faccio sapere.

Io

Ciao papà, sto un po' giù, avvolto da una grande malinconia. Le cose con Giulia non vanno molto bene, ma non è solo quello. Sarà il tempo che passa, la paura di crescere... Chissà, forse un malumore passeggero.

Papà

Ciao figlio, mi dispiace per Giulia. Ricordati sempre che Geova può essere una delle presenze più vicine della tua vita. In qualsiasi momento.

Papà, mi senti?, si è chiesta ogni volta la mia voce interiore leggendo quelle risposte. Papà, mi vedi? E anche, Papà, chi sei?, mi veniva da chiedergli quando constatavo quel difetto di comunicazione tra noi. Era come se non stesse rispondendo a me, Paolo, suo figlio, ma all'essere umano nella sua generalità, a un'entità che dovesse sfuggire alla dannazione del peccato originale e provare a salvarsi a tutti i costi. Era come se svestisse i panni dell'uomo che era, del padre che era, del marito che era, per indossare le vesti dell'unica identità a cui sentiva veramente di appartenere: quella dello "schiavo fedele e discreto" devoto a Dio. Chi era tuo padre?, mi domando ogni tanto immaginandomi nel futuro. Un testimone di Geova, è l'unica risposta che riesco a darmi.

"Ciao mamma."
"Ciao figlio."
"Come stai?"
"Annoiata."
"Che succede?"
"Non mi sono ancora abituata a questa nuova vita lontana da tutto."
"E papà, non ti aiuta?"
"Papà è presissimo dalla sua congregazione."
"E non è sempre stato così?"
"Sì, ma ora è come se avessi bisogno di lui e non ci fosse."
"Glielo hai detto?"
"Certo, e la risposta è la stessa: al suo Dio non può rinunciare."
"Capisco."
"Stare con una persona con queste certezze granitiche è complicato."
"Però lo hai sempre accettato."
"Grazie alla mia diplomazia, di cui lui ha approfittato."
"..."
"..."
"Mamma, non me le avevi mai dette queste cose."
"Scusami, forse sono solo un po' stanca."
"Pensavo aveste un vostro equilibrio."

"Hai ragione. In fondo credevo che io e tuo padre non avremmo resistito, e invece siamo ancora qui."

"Tutti noi, siamo ancora qui."

"È vero."

"Uno di questi giorni vieni a Roma e passiamo un po' di tempo insieme?"

"Mi andrebbe tantissimo."

"Anche a me."

"..."

"Mamma."

"Dimmi."

"E se papà avesse ragione?"

"In che senso?"

"Se la fine del mondo fosse davvero imminente e gli unici a salvarsi fossero i testimoni di Geova?"

"Nel senso che la Terra sarebbe popolata soltanto da loro."

"Eh."

"E tutti quelli che non credono in Dio finirebbero per scomparire?"

"Sì."

"Allora preferisco morire di noia ad Arce, che morire di noia eterna."

Quell'anno io e i miei fratelli decidemmo di partecipare alla Commemorazione della morte di Gesù. Mio padre, mascherandolo come un nostro atto di amore nei suoi confronti e vivendolo come l'ennesimo, ostinato tentativo di sensibilizzarci rispetto al tema dell'Apocalisse alle porte, ci chiese di presenziare almeno online, inviandoci un link Zoom – la Sala del Regno di Arce aveva avuto problemi di agibilità. Invecchiando, per mio papà quelle circostanze religiose erano diventate gli unici momenti di comunione famigliare che lo rendevano veramente felice.

Ci riunimmo a casa di Alessio, seduti dietro a una scrivania, di fronte a un pc. Ci collegammo alla cerimonia con qualche minuto di ritardo e ci ritrovammo davanti al fotogramma di un uomo sulla cinquantina, un anziano della congregazione, vestito in giacca e cravatta. In piedi vicino a un tavolino su cui erano stati collocati un calice di vino rosso e un piatto con del pane, leggeva dei passi da una Bibbia stretta tra le mani: "Quindi prese un pane e, dopo aver reso grazie a Dio, lo spezzò e lo diede loro, dicendo: 'Questo rappresenta il mio corpo, che dev'essere dato in vostro favore. Continuate a far questo in mio ricordo'. Fece lo stesso con il calice alla conclusione della cena, dicendo: 'Questo calice rappresenta il nuovo patto basato sul mio sangue, che dev'essere versato in vostro favore'.

Oltre all'officiante era possibile scorrere le schermate

degli altri fratelli collegati, a decine, tra i quali ovviamente mio padre. Di fronte a quella galleria di testimoni di Geova colti nelle loro abitazioni, con le loro famiglie, vestiti con abiti eleganti o in modo del tutto informale, seduti in cucina o in salotti anonimi dalle luci lattiginose e abbaglianti, alcuni stanchi e altri troppo arzilli, inebetiti dalle fotocamere, mio fratello Davide, una volta disattivati telecamera e microfono, prese a commentarli uno per uno:

"Mado', quanto so' brutti. Che tristezza. Guarda quello, sembra morto. Sicuro c'ha una bombola dell'ossigeno sotto al computer. Aspe', guarda quest'altro, secondo me sullo schermo sta leggendo la 'Gazzetta dello Sport'. Oddio, guarda questo dove vive, neanche per 20.000 euro al mese andrei a vivere lì, ma che sei pazzo, pare lo studio di Barbara D'Urso. E la camicia di quello? Che compagnia di malvestiti".

Cercai di trattenermi, come forma di rispetto verso una comunità che avevo a lungo frequentato, ma scoppiai a ridere, e Alessio con me.

"Però guarda papà," ribattei io subito dopo, quasi per riscattarmi, "sembra così contento. Sereno. È nel suo."

"Non capisco cosa c'entri con questa gente," fece Davide.

"E nemmeno cosa c'entriamo noi con queste persone," intervenne Alessio.

"Dài, almeno dura poco," li liquidai.

I miei fratelli presero ad armeggiare con i loro cellulari e io riattivai la telecamera e il microfono e la Commemorazione proseguì con le letture di passi biblici, i cantici e lo scambio del pane e del vino tra i presenti, che avvenne in modo virtuale con una formula simbolica: "Adesso, fratelli, prendiamoci qualche minuto per immaginare che il sangue e il corpo di Cristo transitino tra le nostre mani".

Poi l'anziano recitò ancora qualche passo dalla Bibbia e subito dopo invitò le persone collegate a chiudere gli occhi, abbassare la testa e raccogliersi in una preghiera che avrebbe concluso la Commemorazione. Ubbidirono tutti, e invitai i miei fratelli a fare lo stesso. Volevo tributare un piccolo omaggio al Dio che a lungo avevo rispettato e amato.

"Ma non ci penso proprio," sbottò Davide alla mia proposta. "Guarda che banda di scappati di casa."

La nostra immagine apparve in primo piano sullo schermo e poco dopo gli occhi dell'anziano testimone di Geova si riaprirono. Ci fu un istante di gelo. I miei fratelli, incapaci di trattenere le risate, corsero in un'altra stanza. Io ero paralizzato. Né l'officiante né gli altri conoscevano le nostre voci, e non era detto che avessero associato quell'improperio a Davide. Soltanto mio padre doveva essersene accorto. Fecero tutti finta di niente, compreso io, fino all'*amen* finale. Poi Alessio e Davide tornarono davanti allo schermo per salutare mio padre, che ci teneva tantissimo a presentarci ufficialmente alla sua nuova congregazione.

"Loro sono i miei figli."

L'anziano e i testimoni di Geova ancora collegati ci salutarono e ci accolsero con grandi sorrisi, e noi facemmo lo stesso. Tranne Davide, che muoveva le mani in gesti calorosi e cordiali, ma si guardava bene dal far sentire la sua voce. Sembrava uscito da un film muto. Mio padre, invece, era felice. Il suo volto, segnato dalle rughe e dalla stanchezza, era raggiante. Almeno in quell'occasione, eravamo i figli che era riuscito ad avvicinare a Geova. Le pecore che quella sera avevano fatto parte del suo gregge.

Dentro di me, ero dispiaciuto per aver assistito alla Commemorazione con tanta indifferenza. Così lontano dal bambino che molti anni prima, eccitato, roteava gli occhi nella Sala in cerca di uno dei 144.000, elettrizzato all'idea di far transitare il corpo e il sangue di Cristo tra le proprie mani. Mi ritrovai a provare di nuovo un senso di colpa al cospetto di Geova e di mio padre. Li avevo traditi. E avevo tradito la complicità che un tempo c'era stata tra di noi. Come un calciatore che fa gol alla sua ex squadra ed esulta. Mi venne voglia di chiedere perdono a Dio con una preghiera, ma fu un pensiero che durò solo pochi secondi. La Commemorazione era finita. Sullo schermo non c'era più nessuno. E poco dopo, sul gruppo WhatsApp della famiglia allargata, arrivò un messaggio di mio padre:

Papà

@Paolo @Alessio @Davide, Grazie per essere venuti... scappati di casa.

Qualche settimana dopo, mia madre prese un treno e venne a trovarmi a Roma. Da un po' di tempo, la sua memoria aveva iniziato a essere difettosa, ogni tanto si trovava a vivere degli stati di breve smarrimento. Quel giorno ci eravamo dati appuntamento in un ristorante cinese di Monti. Il luogo di tanti confronti, chiacchierate, adunate famigliari. Il treno sarebbe arrivato verso le dieci, lei avrebbe avuto il tempo di passeggiare un po' per Roma e poi ci saremmo incontrati lì. Ma poco prima di raggiungerla, mi chiamò. La sua voce era tenue, appena udibile, quella di un essere piccolo e fragile. Mi disse che camminare per il centro l'aveva spossata, stordita, che sempre più spesso venire a Roma la faceva sentire infelice. Mi confessò che si vedeva come un'estranea in questa città ostile, che ogni volta sperava di ritrovare qualcosa di famigliare, ma invano. Non si sentiva a casa ad Arce, e non si sentiva più a casa a Roma. E un attimo dopo, con la voce quasi strozzata dalle lacrime, aggiunse:

"E poi senza tuo padre ormai mi sento persa".

Nonostante la tristezza, nonostante il dolore e la preoccupazione, trovai quella dichiarazione un atto d'amore stupefacente. Mia madre non aveva perso occasione per rivendicare la sua autonomia, la sua insofferenza rispetto a un'eccessiva presenza del marito nella sua quotidianità. Era mio padre che aveva sempre manifestato una silenziosa devozione nei suoi confronti. Adesso, invece, in quello che percepii come una specie di rinnovo dei voti, era come se lei si stesse abbandonando a lui. Come se per la prima volta si concedesse di capitolare a quella vita che non aveva mai smesso di descrivere come piena di compromessi e incomprensioni. E che adesso, dopo quasi trent'anni di matrimonio, almeno per un istante di vulnerabilità, accoglieva abbassando la guardia. Disse che preferiva riprendere il treno per Arce, rimandare il nostro pranzo. Ci salutammo, e le promisi che sarei andato io a trovare lei, presto. Appena attaccammo le mandai un messaggio:

Io

Ci ho pensato: ora che hai capito quanto è importante papà per te, forse potresti finalmente affidarti anche tu a Geova Dio.

Mamma

Ho detto che sono stanca. Annoiata. Non rincoglionita.

Io

Guarda che non ci sarebbe nulla di male. Potresti iniziare dalla prossima Commemorazione.

Mamma

Mai.

Io

O magari leggendo qualche opuscolo con lui.

Mamma

Ma tu *si scem*. Neanche sul letto di morte.

Le 50 carte Pokémon più costose al mondo. Lessi il titolo di questo articolo mentre stavo scrollando indolentemente la homepage di un quotidiano nazionale. Ci cliccai sopra. "A distanza di più di vent'anni dalla loro nascita, i Pokémon continuano a essere amati e celebri in tutto il mondo [...] Questo interesse ancora così vivo ha inevitabilmente fatto mantenere alte, in certi casi altissime, le valutazioni delle carte più rare." Scorsi velocemente il testo per capire l'entità del valore di cui si parlava, e scoprii che alcuni Pokémon – edizioni introvabili di Charizard, Espeon, Raichu, Pikachu e altre – potevano valere 1.000, 10.000 o addirittura 20.000 euro. Sapevo di non possedere nessuna di quelle carte, ma il mio primo pensiero fu per Venusaur. E per quel bambino testimone di Geova che molti anni prima me lo aveva sottratto. Era da tanto che non tornavo con la memoria all'odore di disinfettante del bagno in cui era avvenuto quell'imprevedibile raggiro, alla preghiera disperata a Geova per farmelo restituire. L'idea che nel frattempo il prezzo di Venusaur fosse cresciuto fino ad arrivare a centinaia di euro mi causò un'ondata di nausea improvvisa, come se il riverbero di quello scambio fallimentare potesse ancora raggiungermi. Fui indeciso se andare o meno su eBay per controllarne il valore, non volevo rischiare di disseppellire un antico dolore. Alla fine mi convinsi, e mi ritrovai di fronte a decine di annunci che mettevano in vendita la carta di quel ranocchione verde con un fiore sul dorso: 40 euro, 35 euro, 27 euro, fino a 19 e 15 euro. Evidentemente non era tra i Pokémon più rari in circolazione. Ne fui sollevato. Quel mostro erbivoro dai grandi occhi da cartone animato, dalle zampe tozze, dalle scaglie viscide e dalla pianta grassa sulla schiena, aveva mantenuto la sua preziosità inestimabile soltanto nella mia testa. Mi bastò contemplarlo per qualche secondo per decidere di ricomprare quanto, più di dieci anni prima, mi era stato tolto con l'inganno. Cliccai su uno degli annunci, mi aggiudicai la carta e presi atto che di lì a pochi giorni Venusaur avrebbe fatto il suo ritorno a casa. Quello che le suppliche a Geova non erano riuscite a restituirmi a otto anni, mi veniva riconsegnato da adulto dal potere di acquisto della mia Postepay.

Il giorno in cui arrivò il pacco, prima di aprirlo, cercai la scatola di latta in cui avevo nascosto Palpitad, il Pokémon fasullo che avevo guadagnato dallo scambio con Venusaur. Frugai in uno dei soppalchi della casa, deposito di ciarpame di ogni tipo, in fondo all'armadio, sotto al letto, nella mensola più alta della libreria, ma non trovai nulla. Mi sforzai di ricostruire gli spostamenti della scatola, e solo allora mi ricordai che qualche anno prima avevo trasferito le carte e le schede telefoniche in un vecchio astuccio per penne e matite riposto in fondo a uno dei cassetti della scrivania della mia camera. E infatti eccolo lì, raccolto in un elastico giallo, il mio vecchio mazzo di Pokémon. Magikarp, Pidgeot, Snorlax, Diglett, Venomoth, Charmander: pronunciare quei nomi fu come imbattersi dopo tanto tempo in una compagnia di vecchi amici. In coda a una cinquantina di carte, mi ritrovai tra le dita il Pokémon che avevo odiato di più nella mia vita, Palpitad, con gli occhioni a palla, il mento gigantesco e i diamanti che ne punteggiavano la schiena. Lo sfilai dal mazzo, e subito dopo scartai il pacchetto che conteneva Venusaur. Li tenni in mano, uno accanto all'altro, per qualche secondo. Chissà che fine aveva fatto il bambino con cui avevo negoziato lo scambio. Si era battezzato? Era ancora un seguace di Geova? Anche lui aveva nascosto le carte Pokémon in qualche ripostiglio della sua casa? Fui attraversato da una corrente di nostalgia e tristezza, per il pensiero del piccolo testimone di Geova che ero stato, per il ricordo dell'amore che mio padre aveva riversato su di me in quel periodo, per la consapevolezza di una espressione precedente di me stesso che, solo per il fatto di appartenere al passato, mi immalinconiva. Fui tentato di fare a pezzettini Palpitad, e liberarmene per sempre, ma mi trattenni. Lui e Venusaur avrebbero convissuto nello stesso astuccio e nello stesso mazzo di Pokémon, così come avrebbero continuato a convivere dentro di me il Paolo piccolo testimone di Geova, l'adolescente bocciato, l'adulto disincantato, e tutti gli "io" che avrei dovuto ancora essere.

Presi le carte, le infilai nel mazzo, le avvolsi nell'elastico e le riposi nel cassetto. Mi sembrò di spezzare un sortilegio arcaico, e di farlo senza l'ausilio di alcuna divinità o figura paterna. Mi sentii più leggero, e più libero. Ma, soprattutto, mi sentii riconciliato. Come se avessi smesso di essere quel funambolo che si destreggia su una corda. Ero sceso dalla fune, avevo messo via la mia asta e, senza più bisogno di equilibrismi ad alta quota, avevo preso a camminare con le mie gambe. I Pokémon mi avevano salvato.

Mia mamma non ci crede

“Rileggere te stessa significa inventare quello che hai passato, individuare ogni strato di cui sei composta.”

Claudia Durastanti, *La straniera*

Diversi anni dopo, ormai laureato e impiegato stabilmente in editoria, andai a trovare i miei genitori ad Arce, un pomeriggio di inizio agosto: avevo quasi finito di scrivere un libro e desideravo che lo leggessero. Un libro che parlava di me, di loro, di Geova, della nostra famiglia allargata e di tante altre cose.

La prima cosa che mi chiese mio padre, a cui avevo già accennato di questo progetto, fu se si trattasse di un testo denigratorio nei confronti della sua religione; quando risposi di no, mi disse che se avessi inserito la parola "Geova" nel titolo tutti i testimoni di Geova se lo sarebbero senz'altro comprato e io avrei moltiplicato le mie possibilità di successo e popolarità. Mia madre, invece, nel leggere il titolo mi disse: "Non puoi aggiungere anche un sottotitolo? *Mio padre avrà la vita eterna. Ma mia mamma non ci crede*".

Qualche giorno dopo inviai loro il manoscritto. A motivare l'intento di quanto avevo sentito il bisogno di raccontare, corredai l'email con una citazione da un libro di Richard Ford, *Incendi*, che mi aveva accompagnato nell'arco di tutta la stesura: "Quando si hanno sedici anni non si sa quello che sanno i propri genitori, né si sa molto di quello che capiscono, e ancor meno cosa si agita nei loro cuori. Questa ignoranza può essere una difesa contro il rischio di diventare adulti troppo presto, un modo per evitare che la propria vita diventi nient'altro che la loro rivissuta da capo – il che è un peccato. Ma farsene scudo – cosa che io non feci – mi pare un errore ancor più grave, perché quel che si perde è la verità della vita dei propri genitori e il giudizio che ognuno deve darne e, inoltre, la capacità di valutare il mondo di cui si sta per entrare a far parte".

Di lì a qualche ora mia madre mi mandò una foto del testo stampato, mentre mio padre mi disse che aveva già iniziato a leggerlo sul cellulare. A quel punto non mi rimase che attendere il loro responso. Che fu rapido. Dopo meno di ventiquattro ore mio padre mi comunicò di averlo finito.

Io

Già finito?

Papà

Non riuscivo a smettere.

Io

E come ti sei sentito?

Papà

Toccato, di trovarmi improvvisamente davanti a ciò che avevo intuito.

Io

Cosa avevi intuito?

Papà

La tua lontananza da Geova.

Io

Non ne avevamo già parlato?

Papà

Ripercorrerne tutta la storia mi ha fatto un certo effetto.

Io

Lo capisco.

Papà

E poi ora mi pare che tua mamma ce l'abbia con me.

Io

Lo temevo. Adesso ci parlo io.

Papà

Comunque ci sono delle inesattezze sui testimoni di Geova.

Io

Tipo?

Papà

Tanto per cominciare, Babilonia la Grande non ha nulla di sensuale.

Poco dopo, quasi contemporaneamente, mi scrisse anche mia madre.

Mamma

Ho finito di leggere e ho scoperto quanto sia stato impegnativo il tuo rapporto con Geova. Me ne dispiaccio. Soprattutto per non essermene mai accorta. Ora ce l'ho un po' con tuo padre.

Decisi allora di scrivere un messaggio sul nostro gruppo di famiglia ristretto:

Io

Mamma, non avercela con papà. Appena torno ne parliamo. E ricordate, la nostra è una storia a lieto fine. Non dimenticatelo mai.

Non risposero a quel messaggio, ma dal giorno dopo ricominciammo a scriverci facendo finta di niente. Anzi, in una delle poche videochiamate di quell'estate, mia mamma mi raccontò di come mio padre fosse stato punto da un calabrone, fosse andato in shock anafilattico e "avesse rischiato di morire". Solo l'intervento dell'ambulanza lo aveva salvato. "Ce l'ha fatta anche stavolta," le dissi per scherzare. "Sì," rispose lei, "temo che le pratiche per la vita eterna vadano rimandate." Dietro mia madre sentii mio padre ribattere divertito: "Non sono stati i dottori a salvarmi. È stato Geova". Nulla, evidentemente, era cambiato tra di loro dopo la lettura del mio libro.

Qualche mese dopo, nelle settimane più piovose dell'autunno, mi trovai ad attraversare la fine di un'altra storia sentimentale. La terza. Con Giulia ci eravamo lasciati l'ultimo anno di università, al primo semestre, quando lei era in procinto di partire per il suo Erasmus a Madrid e io recuperavo da un'operazione al ginocchio. Sembrò naturale allontanarci: io, profondamente radicato a Roma; lei, che poneva le basi della sua carriera accademica in Spagna. Provai tanta malinconia, poco dolore. Il pensiero delle matricole che eravamo stati mi metteva una nostalgia immensa. Non trascorse molto tempo e incontrai Maria Vittoria, e la nostra fu una storia di tanti anni. Che poi finì. Sentii un senso di solitudine tale che in alcuni momenti, alcune notti, pensavo che l'unica "persona" che potesse veramente capirmi e starmi vicino fosse Geova, anche se erano anni ormai che non ci parlavamo più. Tornavo con la mente a quel vecchio Dio come a uno di quegli amici dell'infanzia che riteniamo possano ascoltarci e interpretarci come nessun altro, nonostante non persista più la complicità di una volta. Trascorrevo serate in cui le mie cupezze si accumulavano, soprattutto quando decidevo di condirle con canzoni tristi e deprimenti, come se volessi intossicarmi del mio stesso tormento.

In una di queste occasioni, mentre ascoltavo *I Need my Girl* dei The National e, sdraiato sul divano, scorrevo la galleria delle immagini del telefono torturandomi con i ricordi, pensai che l'unica cosa che avrei voluto fare in quel momento era rimanere al buio, scoppiare a piangere e farmi una lunga chiacchierata con Geova. Ero sul punto di innescare quel

“Geova Dio, ti prego di…” che mi aveva accompagnato a lungo, e abbandonarmi a un profondo monologo col divino. Fu un pensiero irrazionale, inconsulto, di cui io stesso mi impressionai. Come una sorta di sindrome dell’arto fantasma. Credevo che il mio inconscio avesse abbattuto e seppellito quel canale spirituale. E invece Geova era stato il primo a cui avevo pensato quando tutto intorno a me aveva iniziato ad apparirmi estraneo e indifferente.

Riuscii a scansare dalla mente quella tentazione. Misi da parte il telefono, stoppai di botto la voce di Matt Berninger proprio durante il ritornello della canzone e, così come avevo fatto con Venusaur e Palpitad, mi immaginai di riporre Geova in un cassetto lontano della mia memoria, sperando che quella presa di distanza mi aiutasse a fare meglio i conti con la separazione: quella da Dio, e quella dalla ragazza con cui mi ero lasciato.

Quando mi chiedono se credo in Dio non riesco a rispondere di no. Dico sempre che in qualcosa credo, ma non so cosa. A molti, quasi tutti, nascondo la mia vecchia relazione con Geova, come fosse una spiacevole esperienza da rimuovere dal curriculum. Capita che i più curiosi o pignoli cerchino di capire cosa intenda con quel *qualcosa*, e allora finisco sempre per parlare di “entità”, “energie”, “identità sconosciute”, “disegni più grandi di noi”, vietandomi a tutti i costi di ricondurre le mie credenze a un Dio. Ma dentro di me, nel profondo, so che qualsiasi relazione col divino, nel mio caso, è soggetta a una comparazione con il mio precedente legame con i testimoni di Geova, come chi paragoni ogni nuova storia sentimentale con quella avuta con il proprio ex storico. Geova è il mio ex, di cui ricordo i momenti condivisi con serenità, grande affetto e senza alcun rimpianto. Ci siamo amati, per un attimo abbiamo pensato di passare tutta la vita insieme ma poi le nostre strade si sono separate. *Nella vita non si sa mai*, mi ripeto ogni tanto immaginando una possibile futura riconciliazione, ma so che è un pensiero dettato dalla tristezza che mi causa l'idea di separarmi definitivamente dal mio vecchio Dio.

Durante una delle nostre sedute, uno psicoterapeuta che avevo iniziato a incontrare mi disse che "saper lasciare andare le persone è quasi un superpotere". Doloroso, faticoso, ma spesso necessario. Per crescere, e per sopravvivere. Perciò, Geova Dio, se ci sei e mi stai osservando da lontano, come dal monitor di una telecamera a circuito chiuso, sappi che questo libro è anche per te. Anzi, questo libro senza di te non sarebbe esistito. E se da una parte mi sembra di non esserti mai stato così vicino, dall'altra sento che è arrivato il momento di lasciarci andare. Se sia stato tu a farmi trovare Venusaur nel pacchetto di Pokémon, a evitare che mi rompessi il naso nella prima rissa della mia vita, ad aver spinto la mia prima ragazza a lasciarmi per accelerare il mio processo di maturazione o ad avermi fatto bocciare perché me lo meritavo, non lo scoprirò mai, ma so che per tutta la vita non smetterò di chiedermelo – riservandomi, indebitamente, un po' di quel senso di elettività destinato ai 144.000.

Ricorda, Geova, che occuperai per sempre un posto unico nel mio cuore, e che continuerò a seguire il tuo operato da lontano, per vie indirette, attraverso mio padre. Ovviamente, se un giorno dovessi sentire il bisogno irrefrenabile e disperato di guadagnarmi la vita eterna, è a te e soltanto a te che mi rivolgerò. Nel frattempo, sappi che ti ho tanto voluto bene. E che se sono la persona che sono, oggi, è anche per merito tuo. È stato bello conoscerti. E ancor più bello è stato convincersi che per un tratto della mia crescita, come un'ombra discreta, o come un vero amico, ci fossi tu a guardarmi le spalle.

Grazie di tutto, Geova.

Nel nome di Gesù,
Amen.

Ringraziamenti

Nonostante tutte le preghiere rivolte a Geova Dio, questo libro non avrebbe mai preso corpo senza Laura Cerutti, Helena Janeczek e Giulia Pietrosanti: un grazie immenso a voi per la fiducia, l'incoraggiamento e il lavoro svolto insieme. Vi voglio bene.

Un grazie pieno d'affetto e gratitudine anche a Marco Peano, David Gallerano, Ilaria Gaspari, Domenico Starnone, Valerio e Irene Magrelli, Tommaso Matano, Carlo Buga, Omar Bellanova, Francesco Colombo, Angela Tranfo, Rosella Postorino, Roberta Pellegrini, Paolo Repetti per aver letto pagine, capitoli, bozze, parziali del libro e avermi aiutato con spunti, commenti, punti di vista, belle parole.

Un grazie speciale a Filippo Schiaffino, per aver dato un volto a questo libro, e a Chiari, per aver trovato sempre il tempo di leggere un paragrafo, una scena, due righe, un capitolo riscritto, e aver letto *Mio padre avrà la vita eterna ma mia madre non ci crede* la prima volta in una notte sola, sul cellulare, tutto d'un fiato.

Infine, un grazie a mio padre, Stefano, a mia madre, Paola, ai miei fratelli, Davide e Alessio, e a mia sorella, Vanessa, per aver contribuito a questo romanzo con i loro ricordi, le loro storie, le loro fotografie. Le loro vite.

Indice